rororo

ro
ro
ro

Rosamunde Pilcher wurde 1924 in Lelant, Cornwall, geboren. Nach Tätigkeiten beim Foreign Office und, während des Krieges, beim Women's Royal Naval Service heiratete sie 1946 Graham Pilcher und zog nach Dundee, Schottland, wo sie seither wohnt. Rosamunde Pilcher schreibt seit ihrem fünfzehnten Lebensjahr. Ihre Romane haben sie zu einer der erfolgreichsten Autorinnen der Gegenwart gemacht. Zuletzt erschien ihr Roman «Wintersonne» im Wunderlich Verlag.

Mehrere Romane von Rosamunde Pilcher wurden vom ZDF bereits verfilmt, weitere Verfilmungen sind in Planung.

Eine Übersicht der im Rowohlt Taschenbuch Verlag erschienenen Titel von Rosamunde Pilcher findet sich im Anhang dieses Buches.

ROSAMUNDE
PILCHER

Ende eines Sommers

Roman

Deutsch von
Claudia Preuschoft

Rowohlt Taschenbuch Verlag

Die Originalausgabe erschien
unter dem Titel «The End of Summer»
bei St. Martin's Press, New York

Einmalige Sonderausgabe Juli 2001
Veröffentlicht im Rowohlt Taschenbuch Verlag GmbH,
Reinbek bei Hamburg, Mai 1994

Umschlaggestaltung any.way, Barbara Hanke
(Foto: photonica)
Satz Garamond (Linotronic 500)
Gesamtherstellung Clausen & Bosse, Leck
Printed in Germany
ISBN 3 499 23068 2

Für Di und John

1

Den ganzen Sommer über war das Wetter drückend und diesig gewesen, die Hitze der Sonne wurde gedämpft von Nebeln, die unablässig vom Pazifik an Land getrieben worden waren. Aber wie so oft in Kalifornien verzogen sich die Nebel im September weit hinaus auf den Ozean, wo sie als lange dunkle Streifen den Horizont verdüsterten.

Im Landesinnern, hinter dem Küstengebiet, brutete das Ackerland ernteschwer im Sonnenschein mit schwellenden Früchten und Mais, Artischocken und orangefarbenen Kürbissen. Kleine Dörfer voller Holzhäuser dösten und rösteten in der Hitze vor sich hin, grau und staubig wie aufgespießte Falter. Die Ebene breitete sich reich und fruchtbar nach Osten zu den Ausläufern der Sierra Nevada hin aus, und der große Freeway des Camino Real schoß durch sie hindurch wie ein Pfeil, nach San Francisco im Norden und Los Angeles im Süden, glitzernd vom heißen Stahl unzähliger Autos.

Der Strand war während der Sommermonate leer gewesen, denn Reef Point war Endstation und wurde nur selten von Tagesausflüglern heimgesucht. Zum einen war die Straße nicht befestigt, unsicher und wenig einladend. Zum anderen lag der kleine Ort La Carmella, mit seinen bezaubernden, von Bäumen beschatteten Straßen, seinem exklusiven Country Club und den sauberen Motels gerade jenseits der Landzunge, und jeder, der Verstand und ein paar Dollars übrig hatte, blieb dort. Nur wer sehr abenteuerlustig war oder pleite, oder verrückt aufs Surfen, riskierte die letzte Meile und fuhr schlitternd über den steilen, unbefestigten Weg, der zu der vom Sturm ausgewaschenen Bucht hinunterführte.

Aber jetzt, bei dem schönen, heißen Wetter und den sauberen Brechern, die an den Strand rollten, wimmelte es von Menschen. Autos aller Art schlingerten den Hügel hinab, parkten im Schatten der Zedern und spien Picknickfreunde, Zelter, Surfer und ganze Hippiefamilien aus, die San Francisco wieder einmal über hatten und in den Süden aufgebrochen waren, nach New Mexico in die Sonne, wie so viele Zugvögel. An den Wochenenden kamen die Universitätsstudenten von Santa Barbara herauf, in ihren alten Cabrios und ihren mit Blumenaufklebern übersäten Volkswagen, die alle vollgepackt waren mit Mädchen und Kisten voller Dosenbier, und den großen, leuchtfarbenen Malibu-Surfbrettern. Sie errichteten überall auf dem Strand kleine Lager; die Luft war erfüllt von ihren Stimmen, ihrem Gelächter und dem Geruch von Sonnenöl.

Nach all den Wochen und Monaten, in denen wir so gut wie allein gewesen waren, umgaben uns nun Menschen und Betriebsamkeit jeglicher Art. Mein Vater arbeitete hart, er versuchte, das Drehbuch, an dem er schrieb, termingerecht fertigzustellen und war in einer unmöglichen Gemütsverfassung. Ohne daß er es bemerkte, zog ich hinaus an den Strand, nahm mir etwas zu essen mit (Hamburger und Coca-Cola), ein Buch, ein großes Badehandtuch für die Bequemlichkeit und Rusty als Gesellschaft.

Rusty war ein Hund. Mein Hund. Ein braunes, wollenes Etwas von unbestimmter Rasse, aber hoher Intelligenz. Als wir damals im Frühjahr in das Strandhaus einzogen, hatten wir keinen Hund. Sobald er uns erspäht hatte, beschloß Rusty, diesem bedauerlichen Mangel abzuhelfen. Ich verscheuchte ihn, Vater warf alte Schuhe nach ihm, aber er kam wieder, ohne Vorwurf und ohne Arg, setzte sich ein oder zwei Yards vor der hinteren Veranda hin, lächelte und klopfte mit dem Schwanz auf den Boden. An einem heißen Morgen hatte ich Mitleid mit ihm und brachte ihm eine Schüssel mit kaltem Wasser. Er schlappte sie leer, grinste und fing wieder an, mit dem Schwanz zu klopfen. Am nächsten Tag gab ich ihm einen alten Schinkenknochen, den er artig annahm, forttrug und vergrub, nach fünf Minuten war er wieder da. Lächelnd. Klopf, klopf, ging der Schwanz.

Mein Vater kam aus dem Haus und warf einen Stiefel nach ihm, aber ohne große Begeisterung. Es war lediglich eine halbherzige Demonstration von Macht. Rusty spürte das und rückte ein bißchen näher.

Ich sagte zu meinem Vater: «Was glaubst du, wem er gehört?»

«Weiß der Himmel.»

«Er denkt offenbar, er gehöre uns.»

«Stimmt nicht», sagte mein Vater. «Er meint, wir gehören ihm.»

«Er ist nicht bösartig oder sonstwas, und er stinkt auch nicht.»

Mein Vater sah von der Zeitschrift auf, die er zu lesen versuchte. «Willst du damit sagen, daß du diesen verdammten Köter behalten willst?»

«Es ist nur, ich weiß nicht... ich weiß nicht, wie wir ihn loswerden sollen.»

«Kurzer Prozeß und erschießen.»

«O nein, bitte nicht!»

«Wahrscheinlich hat er Flöhe. Bringt Flöhe ins Haus.»

«Ich kaufe ihm ein Flohhalsband.»

Dad betrachtete mich über seine Brille hinweg. Ich konnte sehen, daß er allmählich lachen mußte. «Bitte», sagte ich. «Warum nicht? Er kann mir Gesellschaft leisten, wenn du weg bist.»

«In Ordnung», sagte Dad. Also zog ich auf der Stelle Schuhe an, pfiff dem Hund und ging mit ihm über den Hügel nach La Carmella, wo es einen sehr feinen Tierarzt gibt. Dort wartete ich in einem kleinen Zimmer inmitten verhätschelter Pudel und siamesischer Katzen samt deren Besitzern. Schließlich wurde ich ins Sprechzimmer gelassen, der Tierarzt sah sich Rusty an, erklärte ihn für gesund, gab ihm eine Spritze und sagte mir, wo ich ein Flohhalsband kaufen könne. Ich bezahlte den Tierarzt, ging das Flohhalsband kaufen, dann kehrten wir nach Hause zurück. Als wir in das Haus kamen, las Dad immer noch seine Zeitschrift, der Hund trat höflich ein, und nachdem er eine Weile herumgestanden und gewartet hatte, bis er aufgefordert würde, sich zu setzen, ließ er sich auf dem alten Vorleger vor dem leeren Kamin nieder.

«Wie heißt er?» fragte mein Vater, und ich antwortete: «Rusty», denn ich hatte einmal ein Nachthemd gehabt, auf dem ein Hund aufgedruckt war, der Rusty hieß, und dies war der erste Name, der mir in den Sinn kam.

Ohne Frage paßte er zur Familie, denn es sah so aus, als habe er schon immer dazugehört. Wo ich auch ging und stand, Rusty kam mit. Er liebte den Strand, grub dort ständig wertvolle Schätze aus und brachte sie uns nach Hause, damit wir sie bewundern konnten. Altes Strandgut, Plastikflaschen für Spülmittel, lange baumelnde Streifen Seetang. Und manchmal auch Dinge, die er offenbar nicht ausgegraben hatte. Einen neuen Turnschuh, ein helles Badehandtuch und einmal einen durchlöcherten Wasserball, den mein Vater ersetzen mußte, als ich den weinenden kleinen Besitzer schließlich ausfindig gemacht hatte. Er schwamm auch gern und bestand immer darauf, mich zu begleiten, obwohl ich viel schneller und weiter schwimmen konnte als er und er jedesmal abgeschlagen hinter mir herpaddeln mußte. Man sollte meinen, das hätte ihm den Mut genommen, aber er gab nie auf.

An diesem Tag, einem Sonntag, waren wir schwimmen

gewesen. Dad hatte es geschafft, den Termin einzuhalten, und war nach Los Angeles gefahren, um das Skript persönlich abzugeben. Rusty und ich hatten einander den ganzen Nachmittag im und am Meer Gesellschaft geleistet, Muscheln gesucht und mit einem alten Treibholzstock gespielt. Aber nun wurde es kühler, ich hatte mir wieder etwas übergezogen, und wir saßen nebeneinander, wurden von der goldenen untergehenden Sonne geblendet und beobachteten die Surfer.

Sie waren schon den ganzen Tag auf dem Wasser, und es schien, als würden sie nie müde werden. Auf ihren Brettern kniend paddelten sie hinaus aufs Meer, durch die Brandung zu dem glatten grünen Wasser dahinter. Dort warteten sie geduldig, thronten auf der Horizontlinie wie Kormorane, bis die Dünung anlief und eine Welle bildete, die schließlich brach. Sie standen auf, wenn das Wasser sich aufwölbte, hochwogte und der Kamm weiß wurde, und wenn die Welle sich überschlug und auf den Strand donnerte, dann kamen die Surfer mit, auf der Welle reitend, in einem geradezu poetischen Balanceakt, voll jugendlicher Zuversicht. Sie ließen sich von der Welle bis auf den Sand tragen, stiegen dann lässig ab, griffen sich ihr Brett und paddelten wieder hinaus aufs Meer, denn nach dem Glaubensbekenntnis des Surfers kommt, jetzt gleich, immer noch ein größerer und besserer Brecher. Die Sonne ging unter, kein Augenblick durfte jetzt noch vertan werden.

Ein Junge hatte meine Aufmerksamkeit erregt. Er war blond und sehr braun gebrannt, trug das Haar militärisch kurz geschnitten, seine dünnen Shorts leuchteten im gleichen Blau wie sein Surfbrett. Er war ein großartiger Surfer, neben seinem Stil und Schwung sahen all die anderen aus wie ungeschickte Amateure. Nach einiger Zeit entschloß er sich offenbar, es gut sein zu lassen. Er ritt auf einer letzten Welle ans Ufer, ließ sich sauber auf den Strand gleiten, sprang vom Surfbrett, drehte sich nach einem letzten langen Blick über das rosaverwaschene abendliche Meer um, hob das Surfbrett auf und kam über den Strand auf mich zu.

Ich sah verlegen weg. Er kam in meine Nähe, ging dann ein paar Schritte weiter, wo ein Stapel säuberlich gefalteter Kleider auf ihn wartete, ließ das Surfbrett fallen und fischte ein verschossenes College-Sweatshirt aus dem Stapel. Ich blickte wieder in seine Richtung, und als sein Gesicht in der Halsöffnung seines Sweatshirts erschien, sah er mich direkt an. Entschlossen hielt ich seinem Blick stand.

Er schien amüsiert. «Hi», sagte er.

«Hallo.»

Er zog sein Sweatshirt über die Hüften. «Willst du 'ne Zigarette?»

«Ja, gern.»

Er bückte sich, nahm ein Paket Lucky Strike und ein Feuerzeug aus einer Tasche, schnippte zwei Zigaretten hoch, zündete sie beide an und ließ sich dann neben mir nieder. Bequem streckte er sich in voller Länge aus und lehnte sich auf die Ellenbogen zurück. Seine Beine, sein Hals und sein Haar waren hell, mit Sand bestäubt, er hatte blaue Augen und das saubere, frischgewaschene Aussehen, das auf dem Campus amerikanischer Universitäten immer noch so häufig zu finden ist.

«Du hast den ganzen Nachmittag hier herumgesessen», sagte er. «Ab und zu bist du mal schwimmen gegangen.»

«Ich weiß.»

«Warum hast du nicht bei uns mitgemacht?»

«Ich habe kein Surfboard.»

«Du könntest dir eins besorgen.»

«Kein Geld.»

«Dann borg dir eins.»

«Ich kenne niemanden, von dem ich eins borgen könnte.»

Der junge Mann zog die Stirn kraus. «Du bist Engländerin, oder?»

«Ja.»

«Zu Besuch?»

«Nein, ich lebe hier.»

«In Reef Point?»

«Ja.» Ich deutete zu der Reihe verblichener, mit Schindeln verkleideter Häuschen, die hinter dem Bogen der Dünen gerade noch zu sehen waren.

«Wie kommt's, daß du hier lebst?»

«Wir haben ein Strandhaus gemietet.»

«Wer ist ‹wir›?»

«Mein Vater und ich.»

«Wie lange seid ihr schon hier?»

«Seit dem Frühling.»

«Aber ihr bleibt nicht den Winter über.»

Das war eher eine sachliche Feststellung als eine Frage. Niemand blieb den Winter über in Reef Point. Die Häuser waren nicht dafür gebaut, Stürmen zu widerstehen, die Zugangsstraße wurde unpassierbar, die Telefonleitung umgeweht, die Elektrizität fiel aus.

«Ich glaube doch. Wenn wir nicht beschließen weiterzuziehen.»

Er runzelte die Stirn. «Seid ihr Hippies oder so was?»

Ich wußte, wie ich gerade aussah, und konnte ihm diese Frage nicht verdenken.

«Nein. Mein Vater schreibt Filmdrehbücher und solches Zeug fürs Fernsehen. Aber er haßt Los Angeles so sehr, daß er sich weigert, dort zu leben, darum... haben wir das Strandhaus gemietet.»

Er schien fasziniert. «Und was machst du?»

Ich nahm eine Handvoll Sand, ließ ihn, grob und grau, durch meine Finger rieseln.

«Nicht viel. Ich kauf Essen und leere die Mülltonne aus und versuche, den Sand aus dem Haus zu fegen.»

«Ist das dein Hund?»

«Ja.»

«Wie heißt er?»

«Rusty.»

«Rusty. Hey, Rusty, alter Junge!» Rusty nahm seine Annäherungsversuche mit einem Nicken zur Kenntnis, das einer königlichen Hoheit alle Ehre gemacht hätte, und starrte dann weiter aufs Meer hinaus. Um seinen Mangel an guten Manieren wettzumachen, fragte ich: «Bist du aus Santa Barbara?»

«Mhm.» Aber der Junge wollte nicht über sich sprechen. «Wie lange lebst du schon in den Staaten? Du hast immer noch einen schrecklich britischen Akzent.»

Ich lächelte höflich über diese Bemerkung, die ich schon viele Male vorher gehört hatte. «Seit meinem vierzehnten Lebensjahr. Sieben Jahre.»

«In Kalifornien?»

«Überall. New York. Chicago. San Francisco.»

«Ist dein Vater Amerikaner?»

«Nein. Es gefällt ihm einfach hier. Zuerst kam er vor allem, weil er einen Roman geschrieben hatte, der von einer Filmgesellschaft gekauft wurde. Er ging nach Hollywood, um das Drehbuch zu schreiben.»

«Im Ernst? Habe ich von ihm gehört? Wie heißt er?»

«Rufus Marsh.»

«Du meinst ‹Morgen ist auch noch ein Tag›?» Ich nickte. «Junge, Junge, ich habe es von vorn bis hinten verschlungen, als ich noch auf der High-School war. Meine gesamte Sexualaufklärung hatte ich aus diesem Buch.» Er sah mich mit neuem Interesse an, und ich dachte, daß es doch immer das gleiche war. Sie waren freundlich und ganz nett, nie aber interessiert, bis ich «Morgen ist auch noch ein Tag» erwähnte.

Ich nehme an, es hat etwas mit meinem Aussehen zu tun, denn meine Augen sind hell wie Silbermünzen, meine Wimpern ziemlich farblos, und mein Gesicht wird nicht braun, sondern ist übersät mit Hunderten riesiger Sommersprossen. Außerdem bin ich zu groß für ein Mädchen, und die Knochen in meinem Gesicht stehen alle hervor.

«Er muß ja ein ziemlich ausgefallener Typ sein.» Ein neuer Ausdruck war in sein Gesicht getreten, eine Mischung aus Verwirrung und Fragen, die er offenbar aus Höflichkeit nicht stellte.

Wenn du Rufus Marshs Tochter bist, wie kommt es, daß du an diesem gottverlassenen Strand im hintersten Kalifornien herumsitzt, geflickte Jeans und ein Männerhemd anhast, das schon vor Jahrzehnten in die Lumpenkiste gehört hätte, und nicht einmal genug Dollars zusammenkratzen konntest, um dir ein Surfbrett zu kaufen?

Es war schon zum Lachen, wie deutlich man ihm seine Gedanken ansehen konnte. Schließlich fragte er: «Was für ein Mensch ist er denn so? Ich meine, außer daß er ein Vater ist?»

«Ich weiß nicht.» Ich konnte ihn nie beschreiben, nicht einmal für mich selbst. Ich nahm eine weitere Handvoll Sand, ließ ihn zu einem Miniaturberg rinnen, drückte meine Zigarette auf seiner Spitze aus und formte so einen kleinen Krater, einen winzigen Vulkan mit dem Zigarettenstummel als rauchendem Inneren. Ein Mann, der immer in Bewegung sein muß. Ein Mann, der leicht Freundschaften schließt und sie am folgenden Tag ebenso schnell verliert. Ein streitsüchtiger und kampflustiger Mann, talentiert, wenn nicht genial, dem die kleinen Probleme des täglichen Lebens aber ein völliges Rätsel sind. Ein Mann, der bezaubern und einen zur Weißglut treiben kann. Ein Widerspruch auf zwei Beinen.

Ich sagte noch einmal: «Ich weiß nicht» und wandte mich

dem Jungen neben mir zu. Er war nett. «Ich würde dich ja zu einem Bier nach Hause einladen, dann könntest du ihn kennenlernen und es selbst herausfinden. Aber er ist gerade in Los Angeles und kommt vor morgen früh nicht nach Hause.»

Er dachte darüber nach und kratzte sich gedankenverloren am Hinterkopf, wobei er einen kleinen Sandsturm auslöste.

«Weißt du, was», sagte er, «wenn das Wetter so bleibt, komme ich nächstes Wochenende wieder.»

Ich lächelte. «Wirklich?»

«Ich werde nach dir Ausschau halten.»

«In Ordnung.»

«Ich bringe noch ein Brett mit, das ich übrig habe. Dann kannst du surfen.»

«Du brauchst mich nicht zu bestechen.»

Er tat, als sei er beleidigt. «Was meinst du mit bestechen?»

«Ich nehme dich nächstes Wochenende mit, damit du ihn kennenlernst. Er hat gern neue Gesichter um sich.»

«Ich wollte dich nicht bestechen. Ehrlich.»

Ich gab nach. Außerdem wollte ich gern surfen. «Ich weiß», sagte ich.

Er grinste und drückte seine Zigarette aus. Die Sonne sank dem Meeresspiegel entgegen, nahm Gestalt und Farbe an und wurde zu einem orangefarbenen Kürbis. Er setzte sich auf, kniff gegen das grelle Licht seine Augen zusammen, gähnte leicht und streckte sich. «Ich muß gehen», sagte er, stand auf und zögerte einen Augenblick, als er vor mir stand. Sein Schatten schien sich endlos auszudehnen. «Wiedersehen dann.»

«Wiedersehen.»

«Nächsten Sonntag.»

«Okay.»

«Das ist eine Verabredung. Nicht vergessen.»

«Vergesse ich schon nicht.»

Er drehte sich um, sammelte seine Klamotten auf und sah

sich noch einmal um, bevor er davonging, am Strand entlang, dorthin wo die alten, sandverwehten Zedern den Weg markierten, der zur Straße hinaufführte.

Ich sah ihm nach, und mir wurde bewußt, daß ich seinen Namen nicht kannte. Und, was noch schlimmer war, er hatte sich nicht einmal die Mühe gemacht, nach meinem zu fragen. Ich war einfach Rufus Marshs Tochter. Aber trotzdem, wenn das Wetter so blieb, würde er nächsten Sonntag vielleicht wiederkommen. Wenn das Wetter so blieb. Immerhin etwas, worauf man sich freuen konnte.

2

Der Grund dafür, daß wir in Reef Point wohnten, war Sam Carter. Sam war der Agent meines Vaters in Los Angeles, und als er schließlich anbot, uns eine billige Unterkunft zu suchen, tat er das aus schierer Verzweiflung, denn Los Angeles und mein Vater waren einander so heftig zuwider, daß er kein verkäufliches Wort schreiben konnte, solange wir dort wohnten. Sam lief also Gefahr, sowohl wertvolle Kunden als auch Geld zu verlieren.

«Es gibt da dieses Haus in Reef Point», hatte Sam gesagt. «Es ist eine gottverlassene Gegend, aber wirklich friedlich... so friedlich wie am Ende der Welt», fügte er hinzu und beschwor damit Visionen einer Art gauguinschen Paradieses.

Und so hatten wir das Strandhaus gemietet, packten all unsere weltliche Habe, die jämmerlich gering war, in Dads alten klapprigen Dodge, ließen den Smog und die Hektik von Los Angeles hinter uns und fuhren hierher, aufgeregt wie Kinder, als wir zum erstenmal den Geruch des Meeres wahrnahmen.

Zuerst war es auch aufregend. Nach der Großstadt war es zauberhaft, nur von den Schreien der Seevögel und dem endlosen Donnern der Brandung geweckt zu werden. Es tat gut, am frühen Morgen über den Sand zu laufen und zu beobachten, wie die Sonne über den Bergen aufging, Wäsche auf die Leine zu hängen und zuzusehen, wie sie sich mit dem Seewind füllte und sich weiß aufblähte wie neue Segel.

Unser Haushalt war gezwungenermaßen einfach. Ich war ohnehin nie eine besonders gute Hausfrau gewesen, und in Reef Point gab es nur einen kleinen Laden, einen Drugstore, der allerdings ein umfassendes Warenangebot auf Lager hatte

– von Waffenscheinen bis zu Hauskleidern, von Tiefkühlkost bis zu Kleenexpackungen. Er wurde von Bill und Myrtle eher nebenbei geführt; zum Einkaufen brauchte ich immer viel Zeit, denn jedesmal waren frisches Gemüse und Obst, Hühnchen und Eier, all die Dinge, die ich kaufen wollte, offenbar gerade ausgegangen. Allerdings entwickelten wir im Lauf des Sommers geradezu eine Vorliebe für Chili con carne aus der Dose, tiefgekühlte Pizza und die zahlreichen Sorten Eiscreme, die Myrtle offensichtlich besonders gern aß, denn sie war enorm fett, ihre breiten Hüften und Oberschenkel wölbten sich in extra weiten Jeans, und ihre schinkenförmigen Arme quollen aus den ärmellosen mädchenhaften Blusen, die sie dazu trug.

Aber jetzt, nach sechs Monaten Reef Point, wurde ich allmählich unruhig. Wie lange würde dieser schöne Spätsommer anhalten? Einen weiteren Monat vielleicht. Und dann würden die Stürme ernst machen, die Dunkelheit würde früher hereinbrechen, der Regen würde kommen, Matsch und Wind. Das Strandhaus hatte keine Zentralheizung, nur einen riesigen Kamin in dem zugigen Wohnzimmer, der in erschreckendem Tempo Treibholz verbrannte. Voller Sehnsucht dachte ich an heimelige Kohleeimer, aber es gab keine Kohle. Jedesmal wenn ich vom Strand kam, schleifte ich wie eine Pioniersfrau ein oder zwei Stücke Treibholz mit und stapelte sie auf der hinteren Veranda. Der Holzstoß wurde allmählich riesig groß, doch ich wußte, wenn wir erst einmal heizen mußten, würde der ganze Haufen in Null Komma nichts verfeuert sein.

Das Häuschen lag direkt hinter dem Strand, ein kleiner Wall von Sanddünen war der einzige Windschutz. Es war aus Holz, das zu einem silbrigen Grau verblichen war, und stand auf Pfeilern, so daß jeweils ein paar Stufen zu der vorderen und der hinteren Veranda hinaufführten. Innen gab es ein großes Wohnzimmer mit einem Panoramafenster zum Meer, eine winzige, enge Küche, ein Badezimmer – ohne Badewanne, aber mit einer Dusche – und zwei Schlafzimmer, ein großes «Elternschlafzimmer», wo mein Vater schlief, und einen kleineren Raum mit einer Koje, der vielleicht für ein kleines Kind oder einen unwichtigen älteren Verwandten gedacht war – das war mein Zimmer. Die Einrichtung war eher deprimierend, wie so oft in Sommerhäusern, alle Möbel schienen unerwünschte Relikte aus anderen, größeren Häusern zu sein. Vaters Bett war ein Monstrum aus Messing, dem die Knäufe fehlten, dafür hatte es eine Garnitur Sprungfedern, die jedesmal quietschten, wenn er sich umdrehte. In meinem Zimmer hing ein verschnörkelter goldener Spiegel, der aussah, als habe er sein Dasein in einem viktorianischen Bordell begonnen. Wenn ich hineinsah, schaute ich eine mit schwarzen Flecken übersäte Wasserleiche an.

Das Wohnzimmer war nicht viel besser – alte Sessel, deren verschlissene Stellen unter gehäkelten Decken versteckt waren, der Teppich vor dem Kamin hatte ein Loch, und die anderen Stühle waren roßhaargepolstert, wobei das Roßhaar keine Mühe mehr hatte, aus den Polstern herauszuquellen. Es gab nur einen Tisch, Dad benutzte ein Ende davon als Schreibtisch, so daß wir unsere Mahlzeiten in drangvoller Enge und mit angelegten Ellenbogen am anderen Ende einnehmen mußten. Der schönste Platz im Haus war die Fensterbank, die die gesamte Breite des Raums einnahm, sie war mit Schaumstoff, warmen Decken und Kissen gepolstert und so einladend wie ein altes Kinderzimmersofa, man konnte sich darauf zusammenrollen und lesen, den Sonnenuntergang betrachten oder einfach nachdenken.

Aber das Haus lag einsam. Nachts drang heulend der Wind durch die Ritzen in den Fensterrahmen, und in den Räumen raschelte und quietschte es seltsam wie auf einem Schiff auf hoher See. Wenn mein Vater da war, machte mir das alles nichts aus, aber wenn ich allein blieb, begann meine Einbildungskraft auf Hochtouren zu arbeiten, angeregt von all den Geschichten alltäglicher Gewalt, die ich aus den Spalten der Lokalzeitung gepickt hatte. Das Häuschen selbst war äußerst unsicher, keines der Schlösser an den Türen oder Fenstern hätte einen entschlossenen Eindringling abgehalten. Und jetzt, wo der Sommer vorbei war und die Bewohner der anderen Strandhäuser gepackt hatten und nach Hause zurückgekehrt waren, lag es vollständig von der Welt abgeschnitten. Selbst Myrtle und Bill wohnten eine gute Viertelmeile entfernt, und das Telefon war ein Gemeinschaftsanschluß und funktionierte nicht immer zuverlässig. Ich mochte gar nicht darüber nachdenken, was alles passieren konnte.

Ich sprach nie mit meinem Vater über diese Ängste – schließlich hatte er zu arbeiten, und im großen und ganzen war er recht scharfsichtig. Ich bin sicher, er wußte, daß ich mich in einen Zustand heilloser Angst hineinsteigern konnte. Das war wohl einer der Gründe, weshalb er zuließ, daß ich Rusty behielt.

An jenem Abend, nach dem Tag am überfüllten Strand, dem fröhlichen Sonnenschein und meiner Begegnung mit dem jungen Studenten aus Santa Barbara, schien mir das Strandhaus verlassener denn je.

Die Sonne war hinter dem Saum des Meeres verschwunden, eine Abendbrise erhob sich, und es würde bald dunkel sein. Deshalb zündete ich ein Feuer an, um mich weniger allein zu fühlen, schichtete unbekümmert Treibholz im Kamin auf, tröstete mich mit einer heißen Dusche, wusch mein Haar und ging dann, in ein Handtuch gehüllt, in mein Zimmer, um saubere Jeans und einen alten weißen Pullover anzuziehen, der meinem Vater gehört hatte, bevor ich ihn aus Versehen hatte einlaufen lassen.

Unter dem Bordellspiegel stand ein lackiertes Schränkchen, das als Frisierkommode dienen mußte. Darauf hatte ich, aus Mangel an anderen Möglichkeiten, meine Fotografien aufgestellt. Es waren zahlreiche Fotos, und sie beanspruchten viel Platz. Meistens schenkte ich ihnen nicht viel Beachtung, aber an diesem Abend war es anders. Während ich mein verfilztes nasses Haar auskämmte, betrachtete ich sie genau, eines nach dem anderen, als gehörten sie einer Person, die ich kaum kannte, und als wären darauf Orte dargestellt, die ich nie gesehen hatte.

Da war meine Mutter, auf einem offiziellen Porträt, in Silber gerahmt. Mutter mit bloßen Schultern, Diamantsteckern in den Ohren und von einem teuren Friseur frisch zurechtgemacht. Ich liebte das Bild, aber es entsprach nicht meiner Erinnerung an sie. Das andere war besser, ein vergrößerter Schnappschuß bei einem Picknick, wo sie ihren Schottenrock trug, bis zur Taille im Heidekraut saß und lachte, als ob gleich irgend etwas furchtbar Komisches passieren würde. Und dann war da die Sammlung – eher eine Collage –, mit der ich beide Seiten eines großen zusammenklappbaren Lederrahmens gefüllt hatte. Elvie, das weiße Haus, vor dem Hintergrund eines kleinen Wäldchens, dahinter erheben sich die Berge, der See glitzert am Ende des Rasens, wo der Anlegesteg ist und das lecke alte Dingi lag, das wir benutzten, wenn wir Forellen fischen gingen. Und meine Großmutter, an der offenen Fenstertür, die unvermeidliche Gartenschere in der Hand. Und eine kolorierte Postkarte von Elvie Loch, die ich im Postamt von Thrumbo gekauft hatte. Und ein weiteres Picknick, auf dem meine Eltern zusammen zu sehen waren, unser altes Auto im Hintergrund und ein dicker, rot-weißer Spaniel zu Füßen meiner Mutter.

Außerdem waren da die Fotografien von meinem Vetter Sinclair, Dutzende von Fotos. Sinclair, mit seiner ersten

Forelle, Sinclair im Kilt, vor irgendeinem Ausflug, Sinclair in einem weißen Hemd, als Kapitän der Cricket-Mannschaft seiner Schule. Sinclair, beim Skilaufen, am Steuer seines Wagens, mit einem Papierzylinder und ein bißchen betrunken bei irgendeiner Silvesterparty. (Auf dieser Fotografie hatte er seinen Arm um ein hübsches dunkelhaariges Mädchen gelegt, aber ich hatte die Bilder so angeordnet, daß man sie nicht sah.)

Sinclair war das Kind des Bruders meiner Mutter, Aylwyn. Aylwyn hatte – nach Ansicht aller anderen viel zu jung – ein Mädchen namens Silvia geheiratet. Diese Wahl wurde von der Familie mißbilligt, und zwar aus guten Gründen, wie sich unglücklicherweise herausstellte. Sobald sie ihrem Ehemann einen Sohn geboren hatte, verließ sie beide und ging fort, um mit einem Mann zu leben, der auf den Balearen Grundstücke verkaufte. Als der anfängliche Schock überwunden war, fanden alle übereinstimmend, dies sei das Beste, was hatte passieren können, insbesondere für Sinclair, der seiner Großmutter übergeben wurde und in Elvie unter den glücklichsten Umständen aufwuchs.

An seinen Vater, meinen Onkel Aylwyn, konnte ich mich überhaupt nicht erinnern. Als ich noch sehr klein war, ging er nach Kanada, vermutlich kam er von Zeit zu Zeit zurück, um seine Mutter und sein Kind zu besuchen, aber er war nie in Elvie, wenn wir dort waren. Ich hatte nur ein einziges Anliegen an ihn: Er sollte mir einen Indianerkopfschmuck schicken. Im Lauf der Jahre muß ich diesen Wunsch mehrere hundertmal geäußert haben, aber es war nie etwas daraus geworden.

Sinclair war also praktisch das Kind meiner Großmutter. Und solange ich denken konnte, war ich mehr oder weniger in ihn verliebt gewesen. Er war sechs Jahre älter als ich, und ich hatte wie zu einem großen Bruder zu ihm aufgeblickt, er war ungeheuer weise und unendlich mutig. Er hatte mir beigebracht, wie man einen Haken an einer Angelschnur befestigt, kopfüber auf einem Trapez schwingt, einen Cricketball wirft. Wir gingen zusammen schwimmen und Schlitten fahren, machten unerlaubterweise Lagerfeuer, bauten ein Baumhaus und spielten in dem leckenden alten Boot Piraten.

Als ich nach Amerika kam, schrieb ich ihm zu Anfang regelmäßig, allmählich aber entmutigte mich, daß er nie antwortete. Bald schrumpfte unsere Korrespondenz auf Weihnachtskarten oder gekritzelte Geburtstagsgrüße. Neuigkeiten über ihn wurden mir von meiner Großmutter berichtet, und von ihr hatte ich auch das Foto von der Silvesterparty erhalten.

Nachdem meine Mutter gestorben war, hatte sie – als sei die Sorge um Sinclair nicht genug – angeboten, auch mich bei sich aufzunehmen.

«Rufus, warum läßt du das Kind nicht bei mir?» Das war kurz nach dem Begräbnis, als wir wieder in Elvie waren und sie in ihrer üblichen praktischen Art den Schmerz beiseite schob und Pläne für die Zukunft machte. Das Gespräch war nicht für meine Ohren bestimmt, aber ich saß auf der Treppe, und ihre Stimmen drangen klar und deutlich durch die geschlossene Tür der Bibliothek.

«Weil es mehr als genug ist, daß du ein Kind auf dem Hals hast.»

«Aber ich hätte Jane sehr gern bei mir... und außerdem, sie würde mir Gesellschaft leisten.»

«Ist das nicht ein bißchen selbstsüchtig?»

«Ich finde nicht. Rufus, es ist ihr Leben, worüber du jetzt nachdenken solltest, ihre Zukunft...»

Mein Vater sagte ein einziges, unhöfliches Wort. Ich war entsetzt, nicht wegen des Wortes, sondern weil er es zu ihr gesagt hatte. Ich fragte mich, ob er wohl ein bißchen betrunken war...

Meine Großmutter ignorierte das und sprach in ihrer üblichen damenhaften Art weiter, aber ihre Stimme klang sehr verhalten, wie immer, wenn sie allmählich ärgerlich wurde.

«Du hast mir gerade gesagt, daß du nach Amerika gehen willst, um das Drehbuch zu deinem Roman zu schreiben. Du kannst doch eine Vierzehnjährige nicht nach Hollywood schleppen.»

«Warum nicht?»

«Was ist mit ihrem Schulunterricht?»

«Es gibt auch in Amerika Schulen.»

«Es wäre so einfach, wenn ich sie hierbehalten würde. Nur bis du dich eingerichtet hast, bis du ein Zuhause gefunden hast.»

Mein Vater stieß mit einem scharrenden Geräusch seinen Stuhl zurück. Ich hörte seine Schritte durch das Zimmer wandern.

«Und dann sage ich, sie soll kommen, und du setzt sie in das nächste Flugzeug?»

«Natürlich.»

«Es würde nicht klappen, das weißt du genau.»

«Warum sollte es nicht gehen?»

«Wenn ich Jane bei dir lasse, wie lange auch immer, würde Elvie ihr Zuhause werden, und sie würde nie wieder fortgehen wollen. Du weißt, daß sie lieber in Elvie ist als irgendwo sonst auf der Welt.»

«Dann um ihretwillen...»

«Um ihretwillen nehme ich sie mit mir.»

Ein langes Schweigen folgte. Dann sprach meine Großmutter wieder. «Das ist nicht der einzige Grund, nicht wahr, Rufus?»

Er zögerte, als wollte er sie nicht beleidigen. «Nein», sagte er schließlich.

«Trotz aller Bedenken, ich glaube immer noch, du machst einen Fehler.»

«Wenn dem so ist, dann ist es mein Fehler. So wie sie mein Kind ist und ich sie bei mir behalten werde.»

Ich hatte genug gehört. Ich sprang auf und rannte die dunkle Treppe hinauf. In meinem Zimmer warf ich mich mit dem Gesicht nach unten auf mein Bett und brach in bittere Tränen aus, weil ich Elvie verlassen mußte, weil ich Sinclair nie wiedersehen würde und weil die beiden Menschen, die ich auf der Welt am meisten liebte, sich meinetwegen gestritten hatten.

Natürlich schrieb ich, und meine Großmutter antwortete, und Elvie mit all seinen Geräuschen und Gerüchen war in ihren Briefen gegenwärtig. Und dann, nachdem ein oder zwei Jahre vergangen waren, schrieb sie:

> Warum kommst du nicht zurück nach Schottland? Nur für einen kurzen Ferienaufenthalt, einen Monat oder so. Wir vermissen dich alle schrecklich, und es gibt hier eine Menge für dich zu sehen. Ich habe in dem ummauerten Garten eine neue Rosenrabatte angelegt, und Sinclair wird den August bei uns verbringen... er hat eine kleine Wohnung in Earls Court und lud mich zum Mittagessen ein, als ich das letzte Mal in der Stadt war. Wenn es irgendwelche Schwierigkeiten mit den Flugkosten geben sollte, so weißt du, daß du es nur zu sagen brauchst. Dann werde ich Mr. Bembridge zum Reisebüro schikken, damit er dir ein Flugticket besorgt. Sprich mit deinem Vater darüber.

Der Gedanke an Elvie im August, mit Sinclair, war fast unwiderstehlich, aber ich konnte nicht mit meinem Vater darüber sprechen, weil ich die zornige Diskussion in der Bibliothek mit angehört hatte und nicht glaubte, daß er mich gehen lassen würde.

Außerdem war offenbar nie Zeit, und nie ergab sich die Gelegenheit, um die Reise nach Hause anzutreten. Es war, als wären wir Nomaden geworden – wir kamen an einem Ort an, ließen uns nieder, und dann war es Zeit, woanders hinzugehen. Manchmal waren wir reich, meist aber pleite. Ohne den einschränkenden Einfluß meiner Mutter gab mein Vater das Geld mit vollen Händen aus. Wir lebten in Villen, in Motels, in Wohnungen in der Fifth Avenue, in lausigen Mietskasernen. Im Lauf der Jahre kam es mir vor, als hätten wir unser gesamtes Leben damit zugebracht, durch Amerika zu reisen, und als würden wir uns nie wieder irgendwo niederlassen. Die Erinnerung an Elvie verblaßte und wurde unwirklich, als hätten sich die Wasser von Elvie Loch erhoben und das ganze Anwesen verschlungen. Ich mußte mich gewaltsam daran erinnern, daß es immer noch da war, bewohnt von lebendigen Menschen, die zu mir gehörten und die ich liebte, daß es nicht untergegangen und für immer verloren war, durch die tiefen Wasser irgendeiner schrecklichen Naturkatastrophe nur noch verschwommen und undeutlich zu sehen.

Zu meinen Füßen winselte Rusty. Aufgeschreckt sah ich zu ihm hinunter, einen Augenblick lang wußte ich gar nicht, wer er war oder was er hier tat – so weit weg war ich gewesen. Und dann gab es, wie bei einem Filmprojektor, wenn der Film in der Mitte steckenbleibt, einen Klick in der Maschinerie, und das tägliche Leben ging weiter. Ich stellte fest, daß mein Haar fast trocken war, daß Rusty Hunger hatte und sein Abendessen wollte, und ich ebenfalls. So legte ich meinen Kamm hin, verbannte Elvie aus meinen Gedanken, stand auf, holte Holz für das Feuer und ging zum Kühlschrank auf der Suche nach etwas Eßbarem.

Es war fast neun Uhr, als ich das Auto auf dem Weg, der von La Carmella herführte, den Berg herunterkommen hörte. Wie alle Autos konnte es sich hier nur im niedrigsten Gang bewegen, deshalb war es nicht zu überhören.

Ich las ein Buch und wollte gerade eine Seite umblättern, erstarrte aber in dieser Haltung und spitzte die Ohren. Rusty spürte das und setzte sich sofort hin, sehr bedächtig, als wolle er niemanden aufschrecken. Gemeinsam lauschten wir. Ein Holzscheit glitt in die Glut, und in der Ferne donnerte die Brandung. Das Auto fuhr den Hügel herunter.

Ich dachte – *Myrtle und Bill. Sie waren im Kino, in La Carmella.* Aber das Auto hielt nicht am Drugstore an. Es fuhr weiter, immer noch mühsam im ersten Gang, an den Zedern vorbei, wo die Picknick-Ausflügler ihre Autos parkten, weiter auf der einsamen Straße, die nur noch zu mir führen konnte.

Mein Vater? Aber er sollte erst morgen abend wiederkommen. Der junge Mann, den ich heute getroffen hatte, der auf ein Bier zurückkehrte? Ein Landstreicher? Ein entflohener Sträfling? Ein gefährlicher Wahnsinniger?

Ich sprang auf, ließ mein Buch auf den Kaminläufer fallen und rannte los, um die Riegel an den Türen zu überprüfen. Sie waren beide verschlossen. Aber das Strandhaus hatte keine Vorhänge, jeder konnte hereinsehen – und dann würde er mich entdecken, und ich würde nichts sehen können. Wahnsinnig vor Angst schoß ich durch den Raum, um alle Lichter auszuknipsen, doch das Feuer brannte immer noch hell und erfüllte das Wohnzimmer mit flackerndem Licht... es spielte an den Wänden, an den Möbeln und gab den alten Sesseln ein finsteres, lauerndes Aussehen.

Die näherkommenden Scheinwerfer drangen draußen durch die Dunkelheit. Jetzt konnte ich sehen, wie das Auto näher kam, langsam holperte es über die eingetrocknete

Fahrspur. Es fuhr am letzten leeren Strandhaus neben unserem vorbei, rollte im Leerlauf langsam vor, und blieb quer vor unserer Eingangsveranda stehen. Es war nicht mein Vater.

Flüsternd rief ich Rusty an meine Seite und beruhigte mich damit, sein Flohhalsband festzuhalten und die Wärme seines pelzigen braunen Fells zu spüren. Ein Knurren kam tief aus seiner Kehle, aber er bellte nicht. Gemeinsam hörten wir, wie der Motor des Autos abgestellt wurde, wie dann die Autotür geöffnet und wieder zugeschlagen wurde. Einen Augenblick lang Stille. Dann kamen leise Schritte über den sandigen Boden zwischen der Hintertür und der Straße, und im nächsten Moment klopfte es an der Tür.

Mir entfuhr ein Schreckenslaut, und das genügte Rusty. Er riß sich von mir los, rannte auf die Tür zu, knurrte und bellte sich die Kehle aus dem Leib.

«Rusty!» Ich lief ihm nach, aber er bellte immer weiter. «Rusty, nicht... Rusty!»

Ich erwischte ihn am Halsband, zog ihn von der Tür zurück und schüttelte ihn, was ihn schließlich zum Schweigen brachte. Dann schluckte ich, holte tief Luft und sagte mit so fester und klarer Stimme, wie ich nur konnte: «Wer ist da?»

Eine Männerstimme antwortete. «Es tut mir leid, Sie zu stören. Aber ich suche nach dem Haus von Mr. Marsh.»

Ein Freund von Dad? Oder nur ein Trick, um hier einzudringen? Ich zögerte.

Er sprach wieder.

«Ist das das Haus, in dem Rufus Marsh wohnt?»

«Ja.»

«Ist er zu Hause?»

Ein weiterer Trick?

«Warum?» fragte ich.

«Nun, mir wurde gesagt, ich könnte ihn hier finden.» Ich versuchte immer noch zu entscheiden, was ich tun sollte, als er in fast sanftem Ton hinzufügte: «Sind Sie Jane?»

Es gibt nichts Entwaffnenderes, als wenn ein Fremder den eigenen Namen nennt. Außerdem, da war etwas in seiner Stimme... obwohl sie durch die festgeschlossene Tür so verschwommen klang... etwas...

«Ja», entgegnete ich.

«Ist Ihr Vater da?»

«Nein, er ist in Los Angeles. Wer sind Sie?»

«Mein Name ist David Stewart... Ich... sehen Sie, es ist recht schwierig, sich durch die Tür zu unterhalten...»

Seufzend schob ich den Riegel zurück und öffnete ihm die Tür. Ich beging diese Verrücktheit, weil er seinen eigenen Namen auf so besondere Weise ausgesprochen hatte. Stewart. Die Amerikaner finden es allesamt schwer auszusprechen... ‹Stoowart› sagen sie. Aber aus seinem Mund klang ‹Stewart› ebenso wie bei meiner Großmutter, also war er kein Amerikaner, er kam von zu Hause. Und mit einem solchen Namen stammte er möglicherweise aus Schottland.

Wahrscheinlich hatte ich gedacht, ich würde ihn sofort erkennen, tatsächlich hatte ich ihn aber nie zuvor gesehen. Er trug eine Hornbrille, und er war groß... größer als ich. Wir starrten einander an, er überrascht von meinem plötzlichen Sinneswandel und ich schlagartig von einer großen Welle kalter Wut überrollt. Nichts macht mich so wütend, als wenn man mir Angst einjagt, und ich war halb wahnsinnig gewesen vor Furcht.

«Wie kommen Sie dazu, sich mitten in der Nacht hier heranzuschleichen?» Selbst in meinen Ohren klang meine Stimme schrill und ziemlich unbeherrscht.

Er antwortete ganz vernünftig: «Es ist erst neun Uhr, und ich wollte mich durchaus nicht anschleichen.»

«Sie hätten anrufen und mir Bescheid sagen können, daß Sie kommen.»

«Ich konnte im Telefonbuch die Nummer nicht finden.»

Er hatte keine Bewegung gemacht, um einzutreten. Rusty hielt sich im Hintergrund, blickte aber immer noch finster drein. «Und ich hatte keine Ahnung, daß Sie allein sind, sonst hätte ich gewartet.»

Meine Wut legte sich, ich schämte mich ein bißchen für meinen Ausbruch. «Nun... da Sie schon einmal hier sind, kommen Sie wohl besser herein.» Ich trat zurück und griff nach dem Schalter. Kaltes, elektrisches Licht flackerte auf.

Aber er zögerte noch. «Wollen Sie keinen Identitätsnachweis... Sie wissen schon, Kreditkarte? Paß?»

Ich sah ihn scharf an. Hinter den Brillengläsern meinte ich einen Schimmer von Belustigung zu entdecken und fragte mich, was er wohl so verdammt komisch fand. «Wenn Sie so lange hier draußen gewohnt hätten wie ich, würden Sie die Tür auch nicht jedem Herumtreiber öffnen, der ums Haus schleicht.»

«Nun, bevor der ums Haus schleichende Herumtreiber eintritt, sollte er vielleicht besser die Scheinwerfer ausschalten. Ich habe sie angelassen, um den Weg zu finden.»

Ohne auf die schnippische Antwort zu warten, die ich ihm zu gern gegeben hätte, ging er wieder hinaus. Ich ließ die Tür offen, warf ein weiteres Scheit ins Feuer und stellte fest, daß meine Hände zitterten und mein Herz schlug wie eine Trommel. Hektisch zog ich den Läufer vor dem Kamin gerade, kickte Rustys Knochen unter den Sessel und zündete mir gerade eine Zigarette an, als er wieder ins Haus kam und die Tür der rückwärtigen Veranda hinter sich zuzog.

Ich drehte mich um und sah ihn an. Er war dunkelhaarig und hellhäutig wie so viele Leute aus dem schottischen Hochland, schlank, und sah auf eine lässige Weise gelehrt aus.

Er trug einen weichen Tweedanzug, der an Ellbogen, Knien und um die Knopflöcher leicht verschlissen war, ein braunkariertes Hemd und einen dunkelgrünen Schlips, und er sah aus, als könne er Lehrer oder Professor irgendeiner obskuren Wissenschaft sein. Sein Alter ließ sich nicht schätzen – irgendwo zwischen dreißig und fünfzig.

«Wie geht es Ihnen jetzt?» fragte er.

«Schon okay.» Meine Hand zitterte noch immer unübersehbar.

«Es könnte Ihnen nichts schaden, einen Schluck zu trinken.»

«Ich weiß nicht, ob wir irgend etwas im Haus haben.»

«Wo könnten wir nachsehen?»

«Unter dem Fenstersitz?»

Er ging hinüber, öffnete den Schrank, tastete ein bißchen herum und tauchte mit Staubflocken an den Ärmeln seines Jacketts und einer Viertelflasche Haig in der Hand wieder auf.

«Genau das richtige. Nun fehlt uns nur noch ein Glas.»

Ich holte aus der Küche zwei Gläser, eine Karaffe Wasser und den Eisbehälter und sah zu, wie er die Gläser füllte. Sie sahen verdächtig dunkel aus. «Ich trinke nicht gern Whisky», murmelte ich.

«Betrachten sie ihn als Medizin.» Er gab mir das Glas.

«Ich möchte mich nicht betrinken.»

«Damit betrinken Sie sich nicht.»

Das klang vernünftig. Der Whisky schmeckte rauchig und wärmte wunderbar. Getröstet vom Alkohol schämte ich mich, solch ein Dummkopf gewesen zu sein, und lächelte ihn versuchsweise an.

Er grinste zurück. «Warum setzen wir uns nicht?»

Also setzten wir uns, ich auf den Kaminläufer und er auf die Kante von Vaters großem Sessel, seine Hände baumelten zwischen den Knien, und das Glas stand auf dem Fußboden zwischen seinen Füßen. «Rein interessehalber», fragte er, «weshalb haben Sie plötzlich die Tür aufgemacht?»

«Es war die Art, wie Sie Ihren Namen sagten. Stewart. Sie kommen aus Schottland, nicht wahr?»

«Ja.»

«Aus welcher Gegend?»

«Caple Bridge.»

«Aber das ist ja ganz in der Nähe von Elvie.»

«Ich weiß. Sehen Sie, ich arbeite bei Ramsay, McKenzie und King...»

«Den Anwälten meiner Großmutter.»

«Stimmt.»

«Aber ich kann mich nicht an Sie erinnern.»

«Ich bin erst seit fünf Jahren in der Firma.»

Etwas Kaltes legte sich um mein Herz, aber ich zwang mich zu fragen: «Es ist doch nichts... passiert?»

«Nein, es ist nichts passiert.» Seine Stimme klang sehr beruhigend.

«Warum sind Sie dann gekommen?»

«Es geht», sagte David Stewart, «um eine Reihe unbeantworteter Briefe.»

3

Briefe?» sagte ich. «Ich verstehe nicht.» – «Vier, um genau zu sein. Drei von Mrs. Bailey selbst, und einen habe ich in ihrem Namen geschrieben.»

«An wen waren diese Briefe denn gerichtet?»

«An Ihren Vater.»

«Wann?»

«Im Lauf der vergangenen zwei Monate.»

«Haben Sie die Briefe hierhergeschickt? Ich meine, wir ziehen so oft um.»

«Sie selbst haben Ihrer Großmutter geschrieben und ihr diese Adresse angegeben.»

Das stimmte. Wenn wir umzogen, gab ich ihr immer Bescheid. Diese ganze Geschichte war höchst merkwürdig. Mein Vater war, bei all seinen Fehlern, nur sehr wenig geheimnistuerisch... er übertrieb allenfalls in der entgegengesetzten Richtung. Wenn ihn irgend etwas ärgerte, machte er seiner Wut lauthals Luft oder beklagte sich tagelang unablässig. Von irgendwelchen Briefen hatte ich jedoch nichts gehört.

David soufflierte mir. «Sie haben keine Briefe gesehen?»

«Nein. Aber das ist nicht weiter verwunderlich, denn Vater holt die Post jeden Tag selbst vom Drugstore ab.»

«Vielleicht hat er sie nicht geöffnet?»

Aber auch das lag nicht in seinem Charakter. Dad öffnete Briefe immer. Er las sie nicht unbedingt, aber immerhin bestand jedesmal die vielversprechende Möglichkeit, daß der Umschlag einen Scheck enthielt.

«Nein, das würde er nicht tun», sagte ich und schluckte den

Kloß in meiner Kehle herunter. «Worum ging es in den Briefen? Aber vielleicht wissen Sie das ja auch nicht.»

«Doch, natürlich weiß ich das.» Offenbar hatte er einen ziemlich trockenen Humor. Ich konnte mir gut vorstellen, wie er sich hinter einem altmodischen Schreibtisch zurechtsetzte, sich räusperte und kurzen Prozeß machte mit all den unverständlichen Fallstricken von Testamenten, eidesstattlichen Erklärungen, Verkäufen, Pachtverträgen und Verfügungen. «Es ist nur – Ihre Großmutter möchte, daß Sie nach Schottland zurückkommen, zu Besuch meine ich.»

«Ich weiß, daß sie das möchte», sagte ich, «sie spricht in all ihren Briefen davon.»

Er hob eine Braue. «Und? Wollen Sie nicht kommen?»

«Doch, natürlich will ich.»

Ich dachte an Dad, erinnerte mich an das Gespräch, das ich vor langer Zeit mitangehört hatte. «Ich weiß nicht... Ich meine, ich kann mich nicht einfach so entschließen.»

«Gibt es irgendeinen Grund, weshalb Sie nicht kommen können?»

«Nun, natürlich, da ist mein Vater.»

«Sie meinen, es gibt niemanden, der ihm den Haushalt führen kann?»

«Nein, das meine ich ganz und gar nicht.» Er wartete darauf, daß ich diese Feststellung weiter ausführte, ihm vielleicht erklärte, was ich meinte. Ich wandte mich ab und starrte ins Feuer. Wahrscheinlich machte ich eine ziemlich dämliche Figur.

«Wissen Sie, es gab keine nennenswerten Differenzen darüber, daß Ihr Vater Sie damals nach Amerika mitnahm», sagte er.

«Sie wollte, daß ich in Elvie blieb.»

«Das wissen Sie also?»

«Ja, ich hab gehört, wie sie sich stritten. Normalerweise

stritten sie nie. Ich glaube, sie kamen sonst sehr gut miteinander aus. Aber es gab einen furchtbaren Krach meinetwegen.»

«Nun, das ist sieben Jahre her. Es läßt sich doch sicherlich irgendwie einrichten...»

Mir fiel eine weitere Ausrede ein: «Es ist schrecklich teuer...»

«Mrs. Bailey wird Ihnen den Flug selbstverständlich bezahlen.» (Das würde Dad erst recht in Rage bringen.) «Sie brauchen nicht länger fortzubleiben als einen Monat.» Noch einmal fragte er: «Möchten Sie nicht kommen?»

Sein Verhalten entwaffnete mich. «Doch, natürlich möchte ich.»

«Weshalb dann dieser Mangel an Begeisterung?»

«Ich möchte meinen Vater nicht aufregen. Und er will offenbar nicht, daß ich fahre, sonst hätte er diese Briefe beantwortet, von denen Sie sprachen.»

«Ja, die Briefe. Ich frage mich, wo die wohl sind.»

Ich deutete auf den Tisch hinter ihm, den Haufen von Manuskripten und Nachschlagewerken, alten Akten, Umschlägen und leider auch unbezahlten Rechnungen. «Da drüben, nehme ich an.»

«Ich wüßte gern, weshalb er Ihnen nichts davon erzählt hat.»

Darauf sagte ich nichts, dachte aber, daß ich es wohl wüßte. Irgendwie hatte er etwas gegen Elvie und die Tatsache, daß es mir so viel bedeutete. Er war natürlich ein bißchen eifersüchtig auf die Familie meiner Mutter, und er hatte Angst, mich zu verlieren.

Ich zuckte die Achseln. «Keine Ahnung.»

«Wann erwarten Sie ihn aus Los Angeles zurück?»

«Ich glaube nicht, daß es gut wäre, wenn Sie ihm begegnen», antwortete ich. «Das hätte nur zur Folge, daß er sich elend fühlt. Und selbst wenn er so tut, als sei er einverstanden, könnte ich ihn hier nicht allein lassen.»

«Aber wir könnten doch sicherlich irgend etwas organisieren...»

«Nein, können wir nicht. Er braucht jemanden, der auf ihn aufpaßt. Er ist der unpraktischste Mensch der Welt. Niemals besorgt er irgend etwas zu essen, oder Benzin fürs Auto, und wenn ich ihn allein ließe, dann wäre ich ständig krank vor Sorge um ihn.»

«Jane, Sie müssen auch mal an sich selbst denken.»

«Ich werde später einmal kommen. Sagen Sie meiner Großmutter, ein andermal.»

Er trank aus und setzte das leere Glas ab. «Nun, belassen wir es dabei. Morgen früh fahre ich nach Los Angeles zurück, gegen elf. Ich habe für Dienstag morgen einen Platz für Sie gebucht in der Maschine nach New York. Es gibt keinen Grund auf Erden, weshalb Sie nicht darüber schlafen sollten, und wenn Sie Ihre Meinung ändern...»

«Ich werde meine Meinung nicht ändern.»

Er überhörte das. «Wenn Sie Ihre Meinung ändern, hindert Sie nichts daran, mit mir zu fliegen.» Er stand auf und wirkte plötzlich beängstigend groß. «Ich denke noch immer, Sie sollten mitkommen.»

Ich mag es nicht, überragt zu werden, deshalb stand ich ebenfalls auf.

«Sie waren wohl sehr sicher, daß ich mitkommen würde.»

«Ich hatte es gehofft.»

«Sie glauben, ich erfinde nur Ausreden, oder?»

«Nicht nur.»

«Ich habe ein schlechtes Gewissen, weil Sie so weit gereist sind, ohne etwas erreicht zu haben.»

«Ich war geschäftlich in New York. Und ich freue mich, Sie kennengelernt zu haben. Es tut mir nur leid, daß ich Ihren

Vater verpaßt habe.» Er streckte mir seine Hand hin. «Auf Wiedersehen, Jane.» Nach einer Sekunde des Zögerns legte ich meine hinein. Die Amerikaner halten nicht viel vom Händeschütteln, ich hatte es mir deshalb schon lange abgewöhnt. «Und ich werde Ihrer Großmutter liebe Grüße von Ihnen ausrichten.»

«Ja, und Sinclair.»

«Sinclair?»

«Sie sehen ihn doch, oder nicht? Wenn er nach Elvie kommt?»

«Ja. Ja, natürlich. Und ich werde ihm selbstverständlich herzliche Grüße von Ihnen ausrichten.»

«Sagen Sie ihm, er soll schreiben.» Ich bückte mich und machte mir mit Rusty zu schaffen, weil meine Augen voller Tränen standen und ich nicht wollte, daß David Stewart das sah.

Als er fort war, ging ich zu dem Tisch, wo mein Vater all seine Papiere aufbewahrte. Nach einer Weile fand ich die vier unbeantworteten Briefe, einen nach dem anderen, alle geöffnet und offenbar gelesen. Ich las sie nicht. Mein besseres Ich behielt die Oberhand – und ich wußte ja ohnehin, was darin stand, deshalb legte ich sie einfach wieder zurück.

Dann hockte ich mich auf die Sitzbank, öffnete das Fenster und lehnte mich hinaus. Es war sehr dunkel, der Ozean schimmerte tintenschwarz, die Luft zog kalt herein, aber meine Schrecken hatten sich in Luft aufgelöst. Ich dachte an Elvie und sehnte mich danach, dort zu sein. Ich dachte an vorbeifliegende Gänse am winterlichen Himmel und den Geruch des Torffeuers, das im Kamin in der Eingangshalle brannte. Ich dachte an das Loch, strahlend blau und ruhig wie ein Spiegel oder grau und von Nordböen zu weißen Wellen aufgeschäumt. Ich wünschte mir plötzlich so sehr, dort zu sein, daß es richtig weh tat.

Ich war wütend auf meinen Vater. Ich wollte ihn nicht verlassen, aber er hätte doch mit mir über die Sache sprechen und mir die Chance geben können, meine eigene Entscheidung zu treffen. Schließlich war ich einundzwanzig Jahre alt und kein Kind mehr.

Warte nur, bis er wiederkommt, schwor ich mir. Warte nur, bis ich ihn mit diesen Briefen konfrontiere. Ich werde ihm sagen... ich werde...

Aber meine Wut war nur von kurzer Dauer. Ich konnte nie lange wütend bleiben. Vielleicht war es die Nachtluft, die sie abkühlte, jedenfalls schwand sie dahin und starb, und ich fühlte mich merkwürdig leer. Es hatte sich doch schließlich nichts verändert. Ich würde bei ihm bleiben, weil ich ihn liebte, weil er wollte, daß ich dablieb, und weil er mich brauchte. Es gab gar keine andere Möglichkeit. Die Briefe würde ich ihm nicht unter die Nase reiben, denn es würde ihm peinlich sein und ihn demütigen, und wenn wir überhaupt irgendeine Zukunft miteinander haben sollten, war es wichtig, daß er immer größer und stärker und klüger war als ich.

Am nächsten Morgen war ich gerade dabei, den Küchenfußboden zu schrubben, als ich das unverkennbare Schnaufen des alten Dodge hörte, der über den Hügel und den Weg herunter nach Reef Point kam. Hastig wischte ich die letzten paar Quadratzentimeter des gesprungenen braunen Linoleums, goß das schmutzige Wasser in den Abfluß und ging über die hintere Veranda hinaus meinem Vater entgegen. Im Gehen wischte ich mir die Hände an der alten gestreiften Schürze ab.

Es war ein wunderschöner Tag, die Sonne brannte heiß, am blauen Himmel trieben tief ein paar weiße Wolken, der glitzernde Morgen war erfüllt von Wind und dem Donnern der Wellen, die sich über den Strand ergossen. Ich hatte bereits Wäsche aufgehängt, die an der Leine zerrte und flatterte, jetzt duckte ich mich darunter und ging auf die Straße. Das Auto kam auf der Fahrspur rumpelnd und schlingernd auf mich zu.

Ich sah sofort, daß mein Vater nicht allein war. Wegen des schönen Wetters hatte er das Verdeck aufgemacht, und neben ihm saß unverkennbar, mit wehendem rotem Haar, Linda Lansing. Als sie mich sah, beugte sie sich aus dem Auto, um zu winken, und der weiße Pudel, der auf ihren Knien saß, beugte sich ebenfalls heraus und kläffte mich zornig an, als hätte ich kein Recht, hier zu sein.

Rusty, der am Strand gewesen war, um mit den Überbleibseln eines alten Korbs zu spielen, hörte den Pudel und eilte zu meiner Rettung herbei. In wilder Jagd kam er um die Ecke des Strandhauses geschossen, zähnefletschend und bellend. Er konnte es gar nicht abwarten, dem Pudel seine Zähne ins Genick zu schlagen. Mein Vater fluchte, Linda kreischte und drückte den Pudel an sich, der Pudel kläffte, und ich mußte Rusty am Halsband packen, ihn ins Haus zerren und ihm befehlen, still zu sein und sich zu benehmen, bevor es auch nur die leiseste Chance zu irgendeiner Art menschlicher Unterhaltung gab.

Als ich wieder hinauskam, war mein Vater ausgestiegen. «Hallo, Liebes.»

Er ging um das Auto herum, um mich zu umarmen und mir einen Kuß zu geben. Es war ein bißchen so, als würde man von einem Gorilla in die Arme genommen, sein Bart kratzte an meinem Hals. «Alles in Ordnung?»

«Ja, alles prima.» Ich wand mich aus seiner Umarmung. «Hi, Linda.»

«Hallo, Schätzchen.»

«Tut mir leid, wegen des Hundes.» Ich ging, um ihr die Tür zu öffnen. Sie war aufgebrezelt bis an die Zähne, mit vollem Make-up, falschen Wimpern, einem hellblauen Overall und goldenen Ballerinas. Der Pudel trug ein pinkfarbenes Halsband, besetzt mit Straßsteinen.

«Ist schon okay. Mitzi ist ungeheuer nervös, sie ist eine hochsensible Züchtung, weißt du.» Sie streckte ihr Gesicht vor, die Lippen geschürzt, um meinen Begrüßungskuß entgegenzunehmen. Der Pudel fing sofort wieder an zu kläffen.

«Himmel noch mal», sagte mein Vater. «Bring diesen verdammten Hund zum Schweigen!», worauf Linda das sensible Tier ohne Umstände aus dem Auto warf und hinter ihm ausstieg.

Linda Lansing war Schauspielerin. Vor etwa zwanzig Jahren war sie als Starlet in Hollywood aufgetaucht. Das bedeutete eine gewaltige Promotion-Kampagne, gefolgt von einer Reihe unbedeutender Filme, in denen sie meistens eine Art Zigeunerin oder ein Mädchen vom Lande spielte, in einer schulterfreien, am Ausschnitt gerafften Bluse, mit dunkelroten Lippen und schmollendem Gesichtsausdruck. Dieser Typ von Film war jedoch inzwischen aus der Mode gekommen, ebenso wie ihr Stil zu spielen, und damit auch Linda. Klugerweise, denn dumm war sie nie, verheiratete sie sich rasch. «Mein Mann ist mir wichtiger als meine Karriere», hieß es in den Schlagzeilen unter ihren Hochzeitsfotos, und für einige Zeit verschwand sie völlig aus der Hollywood-Szene. Aber in letzter Zeit, nach der Scheidung von ihrem dritten Ehemann und bevor sie sich den vierten geangelt hatte, war sie wieder in kleinen Rollen und im Fernsehen aufgetreten. Einer neuen Generation von Zuschauern war ihr Gesicht unbekannt, und bei kluger Regie ließ sie ein völlig unerwartetes komödiantisches Talent erkennen.

Wir hatten sie bei einer jener langweiligen sonntäglichen Brunch-Parties am Pool kennengelernt, die ein unverzichtbarer Bestandteil der Szene in Los Angeles sind. Mein Vater hatte gefunden, sie sei die einzige anwesende Frau, mit der man sich unterhalten konnte. Ich mochte sie ebenfalls. Sie hatte einen vulgären Sinn für Humor, eine tiefe, volltönende Stimme und eine überraschende Fähigkeit, über sich selbst zu lachen.

Mein Vater hatte eine ziemliche Wirkung auf Frauen, behandelte aber seine Affären immer mit bewundernswerter Diskretion. Ich wußte, daß er ein Verhältnis mit Linda angefangen hatte, allerdings hatte ich kaum erwartet, daß er sie mit nach Reef Point bringen würde.

Ich beschloß, es gelassen zu nehmen. «Na, das ist aber eine Überraschung. Was machst du in dieser Gegend?»

«Ach, du weißt doch, wie es ist, Schätzchen, wenn dein Vater anfängt, jemandem die Pistole auf die Brust zu setzen. Und riech bloß diese Seeluft.» Sie sog einen tiefen Atemzug in die Lungen, hustete leicht und wandte sich wieder zum Auto, um ihre Handtasche daraus zu befreien. Erst jetzt bemerkte ich das aufwendige Gepäck auf dem Rücksitz. Drei Koffer, ein Kleidersack, ein Schminkkoffer, ein Nerzmantel in einer Plastikhülle und Mitzis Hundekörbchen, komplett mit einem pinkfarbenen Gummiknochen. Mir blieb angesichts dieser Mengen der Mund offenstehen, aber bevor ich irgend etwas sagen konnte, hatte mein Vater mich mit den Ellbogen aus dem Weg geschubst und bereits zwei Koffer herausgewuchtet.

«Na, steh hier nicht mit offenem Mund herum», sagte er. «Bring was rein.»

Und damit ging er auf das Strandhaus zu. Linda beschloß nach einem Blick auf meinen Gesichtsausdruck taktvoll, Mitzi müsse einen Spaziergang am Strand machen, und verschwand. Ich rannte hinter meinem Vater her, besann mich dann, ging zurück, um den Hundekorb zu holen, und sauste wieder los.

Ich fand ihn im Wohnzimmer. Er hatte die beiden Koffer

mitten auf dem Boden abgestellt, seine Pudelmütze auf einen Stuhl geworfen und lud einige Bündel alter Briefe und Papiere aus seinen Jackentaschen auf dem Tisch ab. Das Zimmer, das ich gerade erst saubergemacht und aufgeräumt hatte, verwandelte sich sofort in ein nomadenhaftes Chaos. Mein Vater besaß die Fähigkeit, jeden Raum derart zu verwandeln, durch bloßes Eintreten. Nun ging er zum Fenster, lehnte sich hinaus und atmete tief durch. Über seine breite Schulter hinweg konnte ich in der Ferne die Gestalt von Linda sehen, die mit dem Pudel am Wasser herumsprang. Rusty saß schmollend auf dem Fenstersitz und wedelte nicht einmal mit dem Schwanz.

Mein Vater griff in die Hemdtasche nach einer Zigarette. Er schien überaus zufrieden mit sich zu sein. «Nun», sagte er, «willst du gar nicht fragen, wie es gelaufen ist?» Er zündete sich die Zigarette an, sah dann auf, runzelte die Stirn und schnippte das Streichholz aus dem Fenster hinter sich. «Was stehst du da mit dem Hundekorb rum? Stell das verdammte Ding ab.»

Das tat ich jedoch nicht. «Was ist los?» wollte ich wissen.

«Was meinst du?»

Ich wußte nur zu gut, daß diese herzhafte gute Laune Teil eines großangelegten Täuschungsmanövers war.

«Du weißt sehr gut, was ich meine. Linda.»

«Was ist mit Linda? Du magst sie doch, oder?»

«Natürlich mag ich sie, aber darum geht es ja wohl kaum. Was macht sie hier?»

«Ich habe sie gebeten mitzukommen.»

«Mit all dem Gepäck? Für wie lange, um Himmels willen?»

«Nun...», er machte eine vage Handbewegung. «So lange sie will.»

«Muß sie nicht arbeiten?»

«Oh, sie hat das alles hingeschmissen.» Er schlurfte in die

Küche, auf der Suche nach einer Dose Bier. Ich hörte, wie der Kühlschrank auf- und wieder zuging. «Sie hat allmählich genauso die Nase voll von L. A. wie wir. Deshalb dachte ich, warum eigentlich nicht?» Er erschien wieder in der Küchentür, mit der geöffneten Bierdose in der Hand. «Ich hatte den Vorschlag kaum ausgesprochen, als sie schon jemanden hatte, der ihr Haus mietete, samt Hausmädchen, und fix und fertig mit den Koffern dastand.» Er runzelte wieder die Stirn. «Jane, hast du irgendwie eine besondere Neigung zu diesem Hundekorb gefaßt?»

Ich ignorierte ihn weiter. «Wie lange?» beharrte ich finster.

«Na, so lange wie wir hierbleiben. Ich weiß nicht. Vielleicht den Winter über.»

«Wir haben keinen Platz.»

«Natürlich haben wir Platz. Und außerdem, wem gehört das Haus?» Er leerte die Bierdose, schmiß sie säuberlich durch die Küche in den Abfalleimer und ging hinaus, um die nächste Ladung Gepäck hereinzuholen. Diesmal trug er die Koffer in sein Schlafzimmer. Ich stellte Mitzis Hundekorb ab und folgte ihm. Mit dem Bett, den Koffern und uns beiden blieb allerdings nicht viel Raum übrig.

«Wo soll sie schlafen?»

«Na, was glaubst du wohl, wo sie schlafen soll?» Er saß auf dem gigantischen Bett, und die Federn beklagten sich bitterlich. «Genau hier.»

Ich wußte nicht, was ich sagen sollte. Ich starrte ihn einfach an. Das war vorher noch nie passiert. Ich fragte mich, ob er verrückt geworden war.

Irgend etwas in meinem Gesicht muß dann wohl zu ihm durchgedrungen sein, denn er sah plötzlich zerknirscht aus und nahm meine Hände in seine.

«Janey, guck nicht so. Du bist kein Kind mehr, ich muß dir nichts vormachen. Du magst Linda, ich hätte sie nicht hergebracht, wenn ich nicht wüßte, daß du sie magst. Und sie wird dir Gesellschaft leisten, ich muß dich nicht mehr so oft allein lassen. Komm schon, mach nicht so ein trübseliges Gesicht, geh und koch eine Kanne Kaffee.»

Ich zog meine Hände aus seinen. «Ich hab keine Zeit.»

«Was soll das heißen?»

«Ich... ich muß gehen und packen.»

Hocherhobenen Hauptes verließ ich sein Zimmer und ging in mein eigenes, zog meinen Koffer unter dem Bett hervor und fing an zu packen. Ich packte wie die Leute in Filmen, indem ich eine Schublade nach der anderen aufzog und sie in den Koffer leerte.

Mein Vater stand in der offenen Tür hinter mir.

«Was soll das heißen, was machst du da?»

Ich drehte mich um, die Hände voller Hemden, Schals und Taschentücher. «Ich reise ab», sagte ich.

«Wohin?»

«Nach Schottland zurück.»

Er trat einen Schritt ins Zimmer und wirbelte mich herum, damit ich ihm ins Gesicht sehen konnte. Ohne ihn zu Wort kommen zu lassen, sagte ich schnell: «Du hast vier Briefe bekommen. Drei von meiner Großmutter und einen von ihren Anwälten. Du hast sie aufgemacht, du hast sie gelesen, und du hast mir nie ein Wort davon gesagt, weil du nicht wolltest, daß ich zurückgehe. Du hast nicht einmal mit mir darüber gesprochen.»

Sein Griff an meinem Arm lockerte sich nicht, aber ich merkte, daß sein Gesicht ein bißchen Farbe verlor.

«Woher weißt du von diesen Briefen?»

Ich berichtete ihm von David Stewart. «Er hat mir alles erzählt», schloß ich. «Nicht daß man es mir erzählen mußte», fügte ich verwegen hinzu, «ich wußte es ohnehin schon.»

«Und was genau wußtest du?»

«Daß du nie wolltest, daß ich in Elvie blieb, nachdem Mutter gestorben war. Daß du nie wolltest, daß ich zurückging.» Er betrachtete mich erstaunt. «Ich habe alles mitangehört», schrie ich ihn an, als wäre er plötzlich taub geworden. «Ich war in der Diele und konnte euch hören, und ich habe alles gehört, was Großmutter und du zueinander sagtet.»

«Und du hast nie ein Wort verraten?»

«Wozu wäre das schon gut gewesen?»

Er setzte sich sorgfältig auf die Kante meines Bettes, als wolle er mich nicht beim Packen stören. «Wäre es dir lieber gewesen, wenn ich dich zurückgelassen hätte?»

Seine Begriffsstutzigkeit machte mich rasend. «Nein, natürlich nicht. Ich war gern mit dir zusammen, ich wollte es gar nicht anders haben, aber das alles ist sieben Jahre her, jetzt bin ich erwachsen, und du hattest kein Recht, diese Briefe zu verstecken und mir nichts davon zu sagen.»

«Möchtest du so gern zurückgehen?»

«Ja, ich liebe Elvie, du weißt, wieviel es mir bedeutet.» Ich nahm eine Haarbürste und stopfte sie in den Koffer. «Ich... ich wollte nicht über die Briefe reden. Ich dachte, du würdest dich dann schlecht fühlen und ich könnte sowieso nicht fahren, weil du niemanden hättest, der sich um dich kümmert. Aber jetzt ist das etwas anderes.»

«Na gut, jetzt ist es etwas anderes, und du gehst. Ich werde dich nicht aufhalten. Aber wie willst du hinkommen?»

«David Stewart fährt um elf ab. Wenn ich mich beeile, erwische ich ihn gerade noch. Er hat einen Platz für mich gebucht, in der Maschine nach New York morgen früh.»

«Und wann kommst du zurück?»

«Oh, ich weiß nicht. Irgendwann, nehme ich an.» Ich quetschte ein Buch in den Koffer, Anne Morrow Lindberghs «Muscheln in meiner Hand», ohne das ich nie sein kann, und meine Simon und Garfunkel-Langspielplatte. Ich schloß den Deckel, aber der Inhalt quoll heraus, der Koffer wollte einfach nicht zugehen, also öffnete ich ihn noch einmal und drückte hektisch alles flach, aber es klappte immer noch nicht. Am Ende war es mein Vater, der ihn für mich zumachte, er drückte den Deckel des Koffers mit roher Gewalt herunter und zwang das Schloß zuzuschnappen.

Über den geschlossenen Koffer hinweg sah ich ihm ins Gesicht. «Ich würde nicht gehen, wenn Linda nicht gekommen wäre...» Meine Stimme verlor sich. Ich nahm meinen Regenmantel vom Haken an der Tür und zog ihn über mein Hemd und die Jeans.

«Du hast immer noch deine Schürze um», bemerkte mein Vater.

Über so etwas hätten wir früher gelacht. Jetzt griff ich schweigend nach hinten, band sie los, nahm sie ab und ließ sie auf das Bett fallen.

«Wenn ich das Auto nehme und es am Motel stehenlasse, könnte einer von euch beiden es abholen?»

«Natürlich», sagte mein Vater. «Warte...» Er verschwand wieder in seinem Zimmer, um mit einer Handvoll Geldscheinen zurückzukommen, fünf Dollar, zehn Dollar, ein Dollar, alle schmutzig und zerrissen wie ein Bündel alter Zeitungen. «Hier», sagte er und schob sie in die Tasche meines Regenmantels, «nimm das mit. Du wirst es vielleicht brauchen.»

«Aber, du...» Ich wurde von Linda und Mitzi unterbrochen, die vom Strand zurückkehrten. Mitzi vertreute Sand auf dem ganzen Boden, und Linda war entzückt von ihrem kurzen Einssein mit der Natur.

«Oh, diese Wellen, ich habe so etwas noch nie gesehen. Sie müssen zehn Fuß hoch sein.» Dann bemerkte sie meinen Koffer, meinen Regenmantel, mein vermutlich wenig glückliches Gesicht. «Jane, was hast du vor?»

«Ich gehe fort.»

«Wohin, um Himmels willen?»

«Nach Schottland.»

«Ich hoffe, nicht meinetwegen.»

«Zum Teil. Aber nur weil das bedeutet, daß jemand hier ist, der sich um Dad kümmern kann.»

Sie sah ein bißchen beunruhigt aus, als wäre das letzte, was sie vorgehabt hätte, sich um Vater zu kümmern. Fairerweise ließ sie sich jedoch nichts anmerken und machte gute Miene zum bösen Spiel. «Das ist ja aufregend für dich. Wann fährst du?»

«Heute. Jetzt. Ich nehme den Dodge mit nach La Carmella...» Dann ging ich in Richtung Tür. Dad nahm meinen Koffer und kam mir nach. «Und ich hoffe, du hast einen guten Winter. Und daß es nicht zu viele Stürme gibt. Und im Kühlschrank sind Eier und Thunfisch...»

Ich ging die Verandatreppe hinunter, duckte mich unter der Wäscheleine durch (würde Linda darauf kommen, die Wäsche abzunehmen?) und setzte mich hinter das Steuerrad. Mein Vater hievte den Koffer auf den Rücksitz.

«Jane –» setzte er an, aber ich war außerstande, mich zu verabschieden. Als ich an Rusty dachte, war es schon zu spät. Er hatte gehört, wie die Autotür zuschlug, wie der Motor ansprang, und war wie der Blitz aus dem Haus. Unter entrüstetem Gebell rannte er neben mir her, die Ohren flach am Kopf, bedroht von einem fast sicheren Tod.

Es war der letzte Tropfen. Ich hielt den Wagen an. Rusty stellte sich auf die Hinterbeine und kratzte und scharrte mit den Pfoten an der Autotür. Ich beugte mich hinaus und versuchte ihn wegzuschieben. «Rusty, nicht. Runter. Ich kann dich nicht mitnehmen. Du kannst nicht mitkommen.»

Inzwischen hatte Dad uns eingeholt. Er hielt Rusty fest, stand da und sah auf mich herab. Rusty war tief getroffen, sein

Blick war ein einziger Vorwurf, aber mein Vater hatte einen Ausdruck im Gesicht, den ich nie zuvor gesehen hatte und nicht völlig verstand. Es war zuviel. Ich brach in Tränen aus.

«Du wirst dich um Rusty kümmern, nicht wahr?» schluchzte ich. «Schließ ihn ein, damit er nicht hinter dem Auto herrennen kann. Und sorg dafür, daß er nicht überfahren wird. Und er mag nur Hundefutter von ‹Red Heart›, die anderen Sorten frißt er nicht. Und laß ihn nicht allein am Strand, sonst klaut ihn jemand.» Verzweifelt suchte ich nach einem Taschentuch. Wie üblich hatte ich keins, und wie üblich nahm mein Vater eins aus der Tasche und reichte es mir schweigend. Ich putzte mir die Nase, umarmte ihn und Rusty ebenfalls. Dann fuhr ich los und sah mich nicht um, aber ich wußte, daß sie stehenblieben und mir nachsahen, bis ich über den Hügelkamm außer Sicht war.

Es war Viertel vor elf, als ich in das Empfangsbüro des Motels eintrat. Der Mann hinter dem Schreibtisch betrachtete ohne jedes Interesse mein verquollenes und tränenverschmiertes Gesicht, als gingen weinende Frauen hier den ganzen Tag ein und aus.

«Ist Mr. David Stewart schon fort?» fragte ich.

«Nein, er ist noch da. Hat noch 'ne Telefonrechnung zu bezahlen.»

«Welche Nummer hat sein Zimmer?»

Er sah auf eine Tafel. «Zweiunddreißig.» Seine Augen glitten über meinen Regenmantel, meine Jeans, meine schmutzigen Turnschuhe. Er griff nach dem Telefonhörer. «Wollen Sie ihn besuchen?»

«Ja, bitte.»

«Ich ruf ihn an und sag ihm, daß Sie kommen. Wie heißen Sie?»

«Jane Marsh.»

Er winkte mit seinem Kopf in Richtung Tür und schickte mich auf den Weg. «Nummer zweiunddreißig», wiederholte er.

Ich machte mich auf den Weg, der mich durch einen überdachten Gang und an einem großen, sehr blauen Schwimmbecken vorbeiführte. Zwei Frauen aalten sich in Liegestühlen, ihre Kinder tobten im Wasser, schrien und stritten sich um einen Plastikschwimmring. Bevor ich die Hälfte des Weges gegangen war, kam mir David Stewart entgegen. Als ich ihn sah, begann ich zu laufen. Die beiden Frauen waren ebenso überrascht wie ich, als ich direkt in seinen Armen landete. Er fing mich auf und schob mich dann ein Stückchen von sich fort. «Was ist los?»

«Gar nichts ist los.» Ich hatte wieder angefangen zu weinen. «Ich komme mit Ihnen.»

«Warum?»

«Ich habe meine Meinung geändert, das ist alles.»

«Warum?»

Ich hatte es ihm nicht erzählen wollen, aber nun sprudelte nach und nach alles aus mir heraus. «Dad hat eine Freundin, sie ist aus Los Angeles mitgekommen... und sie... sie hat gesagt...»

Rasch sah er zu den beiden Frauen hinüber, die uns anstarrten. «Kommen Sie mit.» Er führte mich in sein Zimmer, wo wir ungestört waren, schob mich hinein und schloß die Tür hinter uns.

«Jetzt», sagte er.

Ich schneuzte mich und bemühte mich sehr, mich zusammenzunehmen.

«Es ist nur, daß er jemanden hat, der sich um ihn kümmern kann. Ich kann also mit Ihnen kommen.»

«Haben Sie mit ihm über die Briefe gesprochen?»

«Ja.»

«Und er hat nichts dagegen, daß Sie mitkommen?»

«Nein. Er sagt, es ist in Ordnung.»

David schwieg. Ich sah ihn an und bemerkte, daß er mich gedankenverloren aus dem rechten Augenwinkel betrachtete. Später fand ich heraus, daß das eine Angewohnheit war, die er wegen seiner Kurzsichtigkeit im Lauf der Jahre angenommen hatte. Im Augenblick aber empfand ich es als beunruhigend und unangenehm, fast als würde man an die Wand genagelt.

Mir war elend zumute. «Wollen Sie nicht, daß ich mitkomme?»

«Das ist es nicht. Es ist nur – ich kenne Sie nicht gut genug, um sicher zu sein, daß Sie die Wahrheit sagen.»

Ich war zu unglücklich, um beleidigt zu reagieren. «Ich lüge nie», sagte ich. «Und wenn ich es tue, werde ich ganz unsicher und erröte. Vater hat wirklich gesagt, es sei in Ordnung.» Wie zum Beweis steckte ich meine Hand in die Tasche meines Regenmantels und zog das schmutzige Bündel Dollarnoten heraus. Einige der Scheine fielen auf den Teppich wie alte Blätter. «Er hat mir sogar ein bißchen Geld mitgegeben.»

David bückte sich, sammelte sie auf und gab sie mir zurück. «Ich glaube immer noch, Jane, ich sollte mich mit ihm treffen, bevor wir abfliegen. Wir könnten...»

«Ich kann ihm nicht noch einmal auf Wiedersehen sagen.»

Sein Gesicht verlor den strengen Ausdruck. Er berührte meinen Arm. «Dann bleiben Sie hier. Ich werde nicht länger als eine Viertelstunde fort sein.»

«Versprechen Sie mir das?»

«Ich verspreche es.»

Er ging fort, und ich wanderte in dem Zimmer umher, das er bewohnt hatte, las ein bißchen Zeitung und sah aus der offenen Tür, ging dann ins Bad und wusch mir Gesicht und Hände, kämmte mein Haar, fand ein Gummiband und band es zurück. Schließlich ging ich hinaus und setzte mich an den

Pool, um auf ihn zu warten. Als er zurückkehrte und unser Gepäck eingeladen hatte, setzte ich mich neben ihn ins Auto. Wir fuhren los, auf die Autobahn und nach Süden in Richtung Los Angeles. Die Nacht verbrachten wir in einem Motel in der Nähe des Flughafens, flogen am nächsten Tag nach New York und am darauffolgenden Abend nach London. Erst als wir bereits halb über dem Atlantik waren, fiel mir der Junge ein, der am nächsten Sonntag kommen wollte, um mich zum Surfen mitzunehmen.

4

Ich hatte nahezu mein ganzes Leben in London verbracht, doch als ich zurückkehrte, war es, als käme ich in eine völlig unbekannte Stadt, so sehr hatte es sich verändert. Die Flughafengebäude, die Zubringerstraßen, die Skyline, die turmhohen Mietshäuser, das Verkehrsgewühl... all das hatte sich in den letzten sieben Jahren entwickelt. Ich saß im Taxi eingeklemmt in einer Ecke, meinen Koffer zu Füßen. Es war neblig, deshalb brannten die Straßenlaternen noch immer, ich hatte ganz vergesssen, wie feuchtkalt es sein konnte.

Im Flugzeug hatte ich nicht geschlafen, jetzt war ich benommen vor Erschöpfung. Außerdem war mir übel von der Mahlzeit, die mir, nach meiner Uhr, die ich noch nicht umgestellt hatte, um zwei Uhr morgens kalifornischer Zeit serviert worden war. Mein Körper, mein Kopf, meine Augen taten weh vom Reisen, meine Zähne fühlten sich pelzig an und meine Kleider, als trüge ich sie schon ewig.

Reklametafeln erschienen, Straßenüberführungen, Häuserreihen – London nahm uns auf. Das Taxi bog an irgendeiner Ampel ab, tastete sich voran, einen ruhigen, halbmondförmigen Straßenzug entlang, der von parkenden Autos gesäumt war, und blieb vor einer Reihe großer viktorianischer Häuser stehen.

Ich betrachtete sie teilnahmslos und fragte mich, was ich wohl jetzt tun sollte. David beugte sich an mir vorbei, öffnete die Tür und sagte: «Hier steigen wir aus.»

«Bitte?» Ich sah ihn an und fragte mich, wie ein Mensch, der wie ich nonstop halb um die Welt geflogen war, weiterhin derart sauber, entspannt und Herr der Lage sein konnte. Gehorsam stolperte ich aus dem Taxi, stand blinzelnd wie eine Eule auf dem Bürgersteig und gähnte, während er den Fahrer bezahlte, unsere Koffer einsammelte und auf einer Treppe ins Untergeschoß voranging. Die Geländer, die an der Treppe entlangliefen, waren glänzend schwarz, der kleine gepflasterte Vorplatz war sauber und gefegt, und es stand ein hölzerner Kübel voller Geranien da. David nahm einen Schlüssel aus der Manteltasche, die gelbe Tür schwang nach innen auf, und ich folgte ihm in die Wohnung.

Sie war weiß gestrichen, roch wie ein Landhaus, auf dem Boden lagen persische Läufer, das Sofa und die Sessel waren mit Chintz bezogen, überall standen antike Möbelstücke, über dem Kamin hing ein venezianischer Spiegel. Ich sah Bücher und einen Stapel Zeitschriften, eine Vitrine voll Meißener Porzellan hinter den Glastüren, kleine Stücke handgearbeiteter Gobelins... und durch das Fenster in der gegenüberliegenden Wand, in einem tiefliegenden Innenhof einen Miniaturgarten mit einer Platane, die von einer hölzernen Bank umrundet wurde, und einer kleinen Statue, die in eine Nische der ausgeblichenen Mauer gestellt war.

Gähnend blieb ich stehen. Er öffnete ein Fenster, und ich fragte: «Ist das Ihre Wohnung?»

«Nein, sie gehört meiner Mutter, aber ich benutze sie, wenn ich in London bin.»

Ich sah mich unsicher um. «Wo ist Ihre Mutter?» Es klang, als würde ich erwarten, daß sie sich unter dem Sofa versteckte, aber er lächelte nicht.

«Sie ist in Südfrankreich, in Ferien. Kommen Sie jetzt, ziehen Sie Ihren Mantel aus und machen Sie es sich bequem. Ich mache uns eine Tasse Tee.»

Er verschwand durch eine Tür. Ich hörte, wie der Wasserhahn aufgedreht, der Kessel gefüllt wurde. Eine Tasse Tee.

Allein schon die Worte klangen tröstlich und heimatlich. Eine Tasse Tee. Ich dachte an die Unterrichtsstunden in Sprecherziehung. «Ich steh im Schnee und seh zwei Tassen Tee.» Nervös fummelte ich an den Knöpfen meines Regenmantels, und schließlich gelang es mir, sie zu öffnen. Ich zog den Mantel aus, warf ihn über ein Möbelstück, das wie ein Chippendalesessel aussah, und ließ mich auf dem Sofa nieder. Es war mit resedagrünen Samtkissen bestückt. Ich nahm eins davon, zog es zurecht und legte meinen Kopf darauf. Wahrscheinlich war ich schon eingeschlafen, bevor ich Zeit hatte, meine Füße vom Boden zu heben. Jedenfalls erinnere ich mich nicht daran, das getan zu haben.

Als ich aufwachte, hatte sich das Licht verändert. Ein langer Sonnenstrahl, der Staubkörner in der Luft tanzen ließ, fiel wie ein Scheinwerfer quer durch mein Gesichtsfeld. Ich bewegte mich und rieb mir den Schlaf aus den Augen, öffnete sie wieder, und da lag eine Decke über mir, warm und leicht.

Im Kamin flackerte ein Feuer. Ich betrachtete es eine Weile, bevor ich feststellte, daß es ein elektrisches Feuer war mit künstlichen Scheiten, Kohlen und Flammen. Es wirkte unendlich behaglich. Ich wandte den Kopf und sah David, tief versunken in einem Lehnstuhl, übersät von Papieren und Aktenmappen. Er hatte sich umgezogen und trug ein blaues Hemd unter einem cremefarbenen Pullover mit V-Ausschnitt. Ohne große Anteilnahme fragte ich mich, ob er einer jener Menschen war, die nie Schlaf brauchen. Er hatte gehört, daß ich mich bewegt hatte, und betrachtete mich.

«Welcher Tag ist heute?» fragte ich.

Er grinste. «Mittwoch.»

«Wo sind wir?»

«London.»

«Nein, ich meine, in welcher Gegend?»

«Kensington.»

«Wir haben früher in der Melbury Road gewohnt», sagte ich. «Ist das weit?»

«Nein, das ist ziemlich in der Nähe.»

Nach einer Weile fragte ich: «Wie spät ist es?»

«Fast fünf Uhr.»

«Wann fahren wir nach Schottland?»

«Heute abend. Im *Royal Highlander* sind Schlafwagen für uns gebucht.»

Mit ungeheurer Anstrengung setzte ich mich auf, gähnte und versuchte, den Schlaf aus meinem Körper zu vertreiben und mir das Haar aus dem Gesicht zu streichen. «Ich könnte wohl nicht vielleicht ein Bad nehmen?»

«Natürlich können Sie das», sagte er.

Also nahm ich ein Bad in kochendheißem Wasser, das nicht richtig schäumte, obwohl ich ganze Hände voll von dem Badesalz seiner Mutter hineingeschüttet hatte. Als ich gebadet hatte, holte ich meinen Koffer, zog saubere Sachen an, stopfte die schmutzigen zurück in den Koffer und bekam den Deckel irgendwie wieder zu. Dann ging ich zurück ins Wohnzimmer und stellte fest, daß er Tee gemacht hatte. Es gab dazu heißen Toast mit Butter und einen Teller mit Schokoladenkeksen – richtigen Schokoladenkeksen, nicht Kekse mit Schokoladengeschmack, wie man sie in Amerika bekommt, sondern einfache Kekse, die mit Schokolade überzogen sind.

«Sind die von Ihrer Mutter?»

«Nein. Ich habe sie gekauft, als Sie geschlafen haben. Es gibt einen kleinen Laden um die Ecke, sehr praktisch, wenn irgend etwas fehlt.»

«Hat Ihre Mutter schon immer hier gewohnt?»

«Nein, sie wohnt hier erst seit etwa einem Jahr. Sie hatte früher ein Haus in Hampshire, aber es wurde zu groß für sie, und der Garten machte ihr Sorgen... Es ist nicht einfach,

Hilfe zu bekommen. Deshalb verkaufte sie es, behielt ein paar ihrer Lieblingsstücke und zog hierher.»

Das erklärte also die Landhausatmosphäre. Ich sah auf den Hof hinaus. «Und sie hat einen Garten.»

«Ja, einen kleinen. Aber damit wird sie allein fertig.»

Ich nahm eine weitere Scheibe Toast und versuchte, mir meine Großmutter in einer solchen Situation vorzustellen. Aber es war unmöglich. Großmutter würde sich nie geschlagen geben von der Größe ihres Hauses und den Schwierigkeiten, eine Köchin oder einen Gärtner zu bekommen oder zu behalten, nie würde ihr zuviel werden, was sie zu tun hatte. Mrs. Lumley war bei ihr, seit ich denken konnte, sie stand auf ihren geschwollenen Beinen am Küchentisch und rollte Teig aus. Und Will, der Gärtner, hatte ein kleines Cottage und sein eigenes Stück Land, wo er Kartoffeln und Karotten anbaute und enorme Chrysanthemen, deren Köpfe aussahen wie Putzmops.

«Sie haben also nie in dieser Wohnung gelebt?»

«Nein, aber ich wohne bei ihr, wenn ich in London bin.»

«Kommt das oft vor?»

«Ziemlich oft.»

«Sehen Sie Sinclair manchmal?»

«Ja.»

«Was macht er?»

«Er arbeitet bei einer Werbeagentur. Ich nahm an, Sie wüßten das.»

Mir fiel ein, daß ich ihn anrufen könnte. Schließlich lebte er in London, es würde nur Minuten dauern, seine Nummer herauszusuchen. Ich spielte einen Augenblick mit dem Gedanken, beschloß dann aber, es bleiben zu lassen. Ich war nicht völlig sicher, wie Sinclair reagieren würde, und wollte nicht, daß David Stewart womöglich Zeuge einer peinlichen Situation wurde.

«Hat er eine Freundin?» fragte ich.

Er zuckte die Achseln. «Ich weiß es nicht.»

Nachdenklich leckte ich heiße Butter von meinen Fingerspitzen.

«Glauben Sie, er wird nach Elvie kommen, wenn ich da bin?»

«Muß er wohl.»

«Und sein Vater? Ist Onkel Aylwyn immer noch in Kanada?»

David Stewart schob mit einem langen, gebräunten Finger seine Brille auf der Nase hoch. «Aylwyn Bailey ist gestorben», sagte er. «Vor etwa drei Monaten.»

Ich starrte ihn an. «Ach, das habe ich nicht gewußt. Oh, die arme Großmama. Hat es sie sehr mitgenommen?»

«Ja, das hat es...»

«Und die Beerdigung und alles...»

«Fand in Kanada statt. Er war einige Zeit krank gewesen. Er schaffte es nicht, nach Hause zu kommen.»

«Also hat Sinclair ihn nie wiedergesehen?»

«Nein.»

Ich versuchte diese Information zu verdauen. Unwillkürlich dachte ich an meinen eigenen Vater. Auch wenn er einen noch so sehr in Wut versetzen konnte, ich wußte doch, daß ich auf keinen Fall auch nur einen einzigen Augenblick unserer gemeinsamen Zeit hätte versäumen wollen, und ich bedauerte Sinclair mehr denn je. Doch dann erinnerte ich mich, daß ich ihn früher beneidet hatte, denn ich verbrachte nur die Ferien in Elvie, Sinclair hingegen war dort zu Hause. Und vielleicht konnten sie einen richtigen Vater nicht ersetzen, doch es waren immer jede Menge Männer dort. Außer Will, dem Gärtner – den wir liebten –, gab es Gibson, den Wildhüter, der zwar mürrisch, aber unendlich weise war, und Gibsons zwei Söhne, Hamish und George, die etwa in Sinclairs

Alter waren und ihn in all ihre Unternehmungen einbezogen, erlaubte wie unerlaubte. So hatte er schießen gelernt und eine Angel auswerfen, Cricket spielen und auf Bäume klettern. Alles in allem wurde ihm wohl sehr viel mehr Zeit und Aufmerksamkeit gewidmet als den meisten anderen Jungen in seinem Alter. Nein, insgesamt gesehen hatte Sinclair es eigentlich ganz gut gehabt.

Wir bestiegen den *Royal Highlander* in Euston, und ich verbrachte, wie mir schien, die halbe Nacht damit, immer wieder aus dem Bett zu klettern, aus dem Fenster zu sehen und mich darüber zu freuen, daß der Zug nach Norden raste, und nichts, außer einem schrecklichen Schicksalsschlag, ihn aufhalten konnte.

In Edinburgh wurde ich von einer weiblichen Stimme mit heimeligem schottischen Akzent geweckt. «Edinburgh Waverley. Hier ist Edinburgh Waverley», rief sie. Ich stand auf, zog meinen Regenmantel über mein Nachthemd, setzte mich auf die Abdeckung des Waschbeckens und sah hinaus. Die Licher von Edinburgh glitten vorbei, und ich wartete auf die Brücke, als der Zug plötzlich ein völlig anderes Geräusch machte und über den Forth schoß. Der Fluß strömte viele Meter unter uns dahin, dunkelschimmerndes Wasser, in dem die vorübergleitenden Lichter von Miniaturschiffen glitzerten.

Ich ging wieder ins Bett und döste, bis wir nach Relkirk kamen. Dort stand ich auf und öffnete das Fenster. Die Luft strömte herein, kalt und würzig vom Geruch nach Torf und Kiefern. Wir waren am Rand der Highlands. Es war erst Viertel nach fünf, aber ich zog mich an und verbrachte den letzten Teil der Reise damit, aus dem Fenster zu schauen, die Wange gegen die dunkle, regennasse Scheibe gepreßt. Erst konnte ich nur wenig erkennen, doch mit der Zeit, als wir uns über den Paß gemüht und den langen Abstieg begonnen hatten, das sanfte Gefälle hinab, das schließlich nach Thrumbo führte, wurde es Tag. Von der Sonne war keine Spur zu sehen, die Dunkelheit lichtete sich einfach unmerklich. Die Wolken hingen dick, grau und weich über den Gipfeln der Berge, aber als wir hinunter ins Tal sausten, wurden sie dünner, zerfaserten und lösten sich auf. Das große weite Tal, der Glen, lag nun vor uns, goldbraun und ruhig im frühen Morgenlicht.

Es klopfte an meine Tür, und der Schlafwagenschaffner sah herein. «Der Herr möchte wissen, ob Sie wach sind. Wir werden in etwa zehn Minuten in Thrumbo ankommen. Soll ich Ihr Gepäck nehmen?»

Er nahm den Koffer mit, die Tür schloß sich hinter ihm. Ich drehte mich wieder zum Fenster um, denn nun wurde mir die Landschaft allmählich sehr vertraut, und ich wollte mir nichts entgehen lassen. Auf diesem Stück Straße war ich gegangen, über dieses Feld auf einem Highland Pony geritten, war zum Tee in jenes weiße Cottage mitgenommen worden. Und dann war da die Brücke, die die Grenze des Dorfes markierte, die Tankstelle und die feinen Hotels, in denen fast nur ältere Leute wohnten und in denen man nie etwas zu trinken kaufen konnte.

Die Tür öffnete sich wieder, und David Stewart erschien in der Türöffnung.

«Guten Morgen.»

«Hallo.»

«Wie haben Sie geschlafen?»

«Ganz gut.»

Nun wurde der Zug langsamer, bremste. Wir rollten am Signalkasten unter der Brücke vorbei. Ich ließ mich von der Abdeckung des Waschbeckens gleiten, folgte David in den Korridor hinaus und sah über seiner Schulter das Schild mit der Aufschrift *Thrumbo* triumphierend vorbeisegeln. Dann hielt der Zug. Wir waren angekommen.

David hatte sein Auto in einer Garage untergestellt, deshalb ließ er mich auf dem Bahnhofsvorplatz warten. Ich saß auf meinem Koffer in dem verlassenen, erwachenden Dorf, sah, wie die Lichter angingen, eins nach dem anderen, sah den Rauch der Schornsteine und einen Mann, der auf einem Fahrrad die Straße heruntergeschwankt kam. Dann hörte ich weit über mir ein Schreien und Schnattern. Es wurde lauter und zog ganz eindeutig über meinem Kopf vorbei, aber ich konnte die Formation der Wildgänse nicht sehen, denn sie flogen über den Wolken.

Elvie Loch liegt etwa zwei Meilen hinter dem Dorf Thrumbo. Eine unregelmäßige ausgedehnte Wasserfläche mäandert Richtung Norden an der Hauptstraße nach Inverness entlang, am gegenüberliegenden Ufer begrenzt von den wuchtigen Massen der Cairngorms. Elvie selbst ist fast eine Insel, eine Insel in Form eines Pilzes, dessen Stiel mit dem Festland verbunden ist. Diese enge Landzunge ist nicht mehr als ein Damm zwischen dem mit Schilfgras bestandenen Marschland, das Hunderten von Vögeln Nistplätze bietet.

Viele Jahre lang hatte dieses Stück Land der Kirche gehört. Es gab tatsächlich noch die Ruinen einer kleinen Kapelle, die nun ohne Dach verlassen dastand, obwohl der kleine Kirchhof, der sie umgab, immer sauber und in Ordnung gehalten wurde, die Eiben akkurat beschnitten, das Gras kurzgemäht wie Samt, auf dem im Frühling heiter die Köpfe wilder Osterglocken wippten.

Das Haus, in dem meine Großmutter lebte, war das Pfarrhaus dieser kleinen Kirche gewesen. Im Lauf der Jahre jedoch war es aus seinen ursprünglich bescheidenen Ausmaßen herausgewachsen, es waren Flügel hinzugefügt und zusätzliche Räume geschaffen worden, vermutlich um große viktorianische Familien unterzubringen. Von hinten, von der Zufahrtstraße her, sah Elvie groß und abweisend aus, die wenigen Fenster nach Norden waren klein, um in den bitteren Wintern die Wärme besser im Haus zu halten, und der verborgene Vordereingang erschien wenig eindrucksvoll und war normalerweise fest verschlossen. Es wirkte wie eine Festung, und dieser Eindruck wurde noch verstärkt von den zwei hohen Gartenmauern, die wie Arme vom Haus nach Osten und Westen reichten. Nicht einmal meiner Großmutter war es gelungen, eine Kletterpflanze dazu zu bringen, daß sie sich daran hochrankte.

Von der Gartenseite her bot Elvie jedoch einen völlig anderen Anblick. Da döste das alte weiße Haus, geschützt und umfriedet und genau nach Süden blickend, behaglich im Sonnenlicht. Fenster und Türen standen offen, um frische Luft hineinzulassen. Der Garten fiel ab bis zu einem seichten Graben, der ihn von einem schmalen Feld trennte, auf dem ein benachbarter Bauer sein Vieh weidete. Das Feld senkte sich zum Ufer des Wassers, und das Plätschern der kleinen Wellen auf grobem Kies und das sanfte Muhen und Kauen der Kühe gehörten so sehr zu Elvie, daß man es nach einer Weile gar nicht mehr hörte. Erst wenn man fortgewesen war und zurückkehrte, wurde man sich dieser Geräusche wieder bewußt.

Das Auto von David Stewart war eine Überraschung: Ein dunkelblauer T. R. 4, unerwartet schnittig für einen Mann von so solider Ausstrahlung. Wir packten unsere Koffer hinein und fuhren aus Thrumbo heraus. Vertraute Wegzeichen tauchten auf und flogen an uns vorbei. Die Garage, der Süßigkeitenladen und die Farm der McGregors, dann waren wir auf dem offenen Land. Die Straße zog sich durch goldene Stoppelfelder, die Heckenrosenbüsche waren scharlachrot gefleckt von Hagebutten, in den Bäumen schimmerten golden und rot die ersten Herbstfarben.

Dann bogen wir um die letzte Kurve. Zu unserer Rechten erstreckte sich der See, grau an diesem grauen Morgen, und die Berge in der Ferne verloren sich in den Wolken. Und da, nicht einmal eine halbe Meile entfernt, stand Elvie. Das Haus lag in Bäumen versteckt, die Kirche erhob sich in romantischer Einsamkeit. Die Aufregung machte mich sprachlos, und David Stewart war offenbar rücksichtsvoll genug, ebenfalls zu schweigen. Wir hatten einen weiten Weg gemeinsam zurückgelegt, so weit, daß es kaum zu fassen war, aber wir sagten beide kein Wort, als wir schließlich an dem Cottage neben der Straße abbogen und das Auto durch die hohen Hecken fuhr, über den Damm zwischen den Marschen und unter den Blutbuchen wieder hoch, um vor der Vordertür anzuhalten.

Ich sprang sofort aus dem Wagen und rannte über den Kies, aber meine Großmutter war schneller als ich. Die Tür ging auf, und sie erschien, wir umarmten uns fest, und sie hörte nicht auf, meinen Namen zu sagen. Sie roch nach den Duftsäckchen, die sie zwischen ihre Kleidung legte, und ich wußte, es hatte sich nichts verändert.

5

Bei einem Wiedersehen nach so vielen Jahren herrscht wohl immer Verwirrung. Wir sagten Dinge wie: «Nun, du bist tatsächlich gekommen...» und «Ich glaubte schon, ich würde es nie mehr schaffen...» und «Hattest du eine gute Reise...» und «Alles ist genauso wie früher.» Und wir lösten uns voneinander, lachten über unsere Dummheiten und umarmten uns wieder.

Als nächstes beteiligten sich die Hunde an dem Tumult, sie schossen aus dem Haus, wuselten uns bellend um die Beine herum und forderten Aufmerksamkeit. Es waren braunweiße Spaniels. Ich kannte sie nicht, aber dennoch waren sie mir vertraut, denn es hatte in Elvie immer braun-weiße Spaniels gegeben, und diese stammten ohne Zweifel von jenen ab, an die ich mich erinnerte. Und kaum hatte ich angefangen, die Hunde zu begrüßen, als Mrs. Lumley sich zu uns gesellte. Sie hatte das Getöse gehört und konnte der Versuchung nicht widerstehen, bei der Wiedersehensfeier dabeizusein. Dicker denn je in ihrer grünen Kittelschürze kam sie aus dem Haus, von einem Ohr zum anderen lächelnd, um sich einen Begrüßungskuß geben zu lassen, mir zu sagen, daß ich furchtbar groß geworden sei, mehr Sommersprossen hätte als je zuvor und sie ein richtig großes Frühstück machen würde.

Hinter mir lud David ruhig meinen Koffer aus. Schließlich ging meine Großmutter zu ihm hin, um ihn zu begrüßen.

«David, Sie müssen erschöpft sein.» Zu meiner Überraschung gab sie ihm einen Kuß. «Vielen Dank, daß Sie sie heil zurückgebracht haben.»

«Sie haben mein Telegramm erhalten?»

«Natürlich. Ich bin schon seit sieben Uhr auf. Sie kommen mit herein und frühstücken mit uns, ja? Wir rechnen mit Ihnen.»

Aber er entschuldigte sich und sagte, seine Haushälterin erwarte ihn, er müsse nach Hause fahren, sich umziehen und dann ins Büro gehen.

«Nun, dann kommen Sie heute abend zum Abendessen wieder. Ich bestehe darauf. Gegen halb acht. Wir wollen alles ganz genau erzählt bekommen.»

Er ließ sich überreden, und wir sahen einander lächelnd an. Mir kam in den Sinn, daß ich ihn erst vor vier Tagen kennengelernt hatte. Jetzt, als es Zeit war, sich zu verabschieden, hatte ich das Gefühl, einen alten Freund zu verlassen, jemanden, den ich mein Leben lang kannte. Ihm war eine schwierige Mission anvertraut worden, er hatte sie taktvoll und mit Humor ausgeführt und war, soweit ich es beurteilen konnte, dabei niemandem zu nahe getreten.

«Äh, David...»

Er kam hastig meinem gestotterten Dank zuvor.

«Wir sehen uns heute abend, Jane.» Dann stieg er in sein Auto, schlug die Tür zu, und wir sahen zu, wie er wendete und davonfuhr, unter den Buchen entlang, die Straße hinunter.

«So ein netter Mann», sagte meine Großmutter. «Findest du nicht?»

«Ja», sagte ich. «Nett.» Ich bückte mich, um zu verhindern, daß Mrs. Lumley meinen Koffer nahm, und trug ihn selbst ins Haus. Großmutter und die Hunde kamen hinter mir her, die Tür wurde geschlossen, und David Stewart war – für den Augenblick – vergessen.

Der Geruch von Torffeuer drang aus dem Kamin in der Diele und vermischte sich mit dem Duft der Rosen aus einer großen Schale auf der Truhe. Einer der Hunde wedelte aufgeregt mit dem Schwanz, und ich blieb stehen, um ihn hinter den Ohren zu kraulen, als meine Großmutter sagte: «Ich habe eine Überraschung für dich, Jane.» Ich richtete mich auf und sah einen Mann die Treppe herunter auf mich zukommen, wie ein Schattenriß im Gegenlicht vor dem Treppenfenster. Für einen Augenblick wurde ich geblendet. «Hallo, Jane», sagte er. Es war mein Cousin Sinclair.

Mir blieb der Mund offenstehen, und Großmutter und Mrs. Lumley standen entzückt von dem Erfolg ihrer Überraschung um mich herum. Er trat auf mich zu, nahm meine Schultern zwischen seine Hände und küßte mich. «Aber ich dachte du wärst in London», murmelte ich schwach.

«Nein, bin ich nicht. Ich bin hier.»

«Aber wie...? Warum...?»

«Ich habe ein paar Tage frei.»

Für mich? Hatte er sich freigenommen, damit er bei meiner Wiederkehr in Elvie sein konnte? Die Möglichkeit war ebenso schmeichelhaft wie aufregend. Bevor ich noch irgend etwas sagen konnte, nahm meine Großmutter die Dinge in die Hand.

«Es gibt keinen Grund, hier herumzustehen. Sinclair, vielleicht trägst du Janes Koffer in ihr Zimmer hoch. Jane, wenn du dich ein wenig frisch gemacht hast, kommst du zum Essen herunter und frühstückst erst mal ordentlich. Du wirst todmüde sein nach der Reise.»

«Ich bin nicht müde.» Ich war es wirklich nicht. Ich fühlte mich voller Kraft, hellwach und zu allem bereit. Sinclair nahm meinen Koffer und ging hoch, zwei Stufen auf einmal, und ich folgte seinen langen Beinen, als hätte ich Flügel an den Fersen.

Mein Schlafzimmer, das auf den Garten und das Loch hinausging, war unfaßbar ordentlich und sauber, ansonsten aber unverändert. Immer noch stand das weißgestrichene Bett in dem Fenstererker, wo ich am liebsten schlief. Ein Nadelkissen lag auf der Frisierkommode, Lavendelsäckchen verströmten im Schrank ihren Duft, und nach wie vor verdeckte der blaue Läufer eine verschlissene Stelle im Teppich.

Ich zog den Mantel aus und wusch mir die Hände. Sinclair ließ sich auf mein Bett fallen, wobei er leider die gestärkte weiße Überdecke verknitterte, und sah mir zu. In den sieben Jahren, die vergangen waren, hatte er sich natürlich verändert, aber die Unterschiede, die ich an ihm wahrnahm, waren fast zu subtil, um sich genauer bestimmen zu lassen. Sicher, er war dünner, um den Mund und in den Augenwinkeln hatte er feine Linien, aber das war auch schon alles. Er sah sehr gut aus, mit dunklen Brauen und Wimpern und tiefblauen Augen, deren Winkel unwiderstehlich nach oben gingen. Seine Nase war gerade und sein Mund geschwungen und voll, die Unterlippe war etwas breiter, und als er noch klein war, konnte er sehr schmollend aussehen. Sein Haar war dick und glatt, er trug es lang, es lief hinten im Nacken in einer Spitze auf dem Kragen zusammen. An die Haartrachten von Reef Point gewöhnt, entweder militärisch kurz (Surfer) oder schulterlang (Hippies), fand ich, daß es sehr attraktiv wirkte. Er trug an diesem Morgen ein blaues Hemd, in dessen offenen Kragen er ein Baumwolltuch geknotet hatte, und eine verwaschene Cordhose mit einem Gürtel aus geflochtener Wolle.

Auf der Suche nach einer Bestätigung meiner Hoffnungen fragte ich ihn: «Hast du wirklich frei?»

«Natürlich», sagte er kurz, und bestätigte damit gar nichts.

Ich gab auf und sagte mir, daß ich es nie erfahren würde. «Du bist bei einer Werbeagentur?»

«Ja. Strutt und Seward. Persönlicher Assistent des geschäftsführenden Direktors.»

«Ist es ein guter Job?»

«Es gehört ein Spesenkonto dazu.»

«Du meinst feuchtfröhliche Mittagessen mit vielversprechenden Kunden?»

«Es muß kein feuchtfröhliches Mittagessen sein. Wenn der vielversprechende Kunde hübsch ist, kann es auch ein intimes Abendessen bei Kerzenlicht sein.»

Ich spürte einen Stich der Eifersucht. Er sah zu, wie ich vor der Frisierkommode mein Haar auskämmte, und sagte: «Ich hatte ganz vergessen, wie lang dein Haar ist. Du hast es früher in Zöpfen getragen. Es ist wie Seide.»

«Von Zeit zu Zeit schwöre ich, daß ich es abschneiden lasse, aber ich kann mich nie dazu durchringen.» Ich legte den Kamm hin, ging zu ihm und kniete mich neben ihn aufs Bett, um das Fenster aufzumachen und mich hinauszulehnen.

«Was für ein köstlicher Geruch», rief ich. «Ganz feucht und herbstlich.»

«Riecht es in Kalifornien nicht feucht und herbstlich?»

«Meist riecht es nach Benzin.» Ich dachte an Reef Point. «Oder manchmal auch nach Gummibäumen und dem Pazifik.»

«Und wie ist es so, bei den Rothäuten zu leben?»

Ich warf ihm einen scharfen Blick zu, und er lächelte. «Ehrlich, Jane, ich hatte schreckliche Angst, du würdest Kaugummi kauend und mit Kameras behängt zurückkommen und jedesmal, wenn du eine Bemerkung in meine Richtung machst, sagen ‹Yeah, wow!›» Er sagte das mit einem falschen amerikanischen Akzent, den ich ebenso unerträglich fand wie die Scherze in Kalifornien wegen meiner schrecklich britischen Aussprache.

Er nahm mein Mißfallen mit einem durchtriebenen Funkeln seiner Augen zur Kenntnis. «Wie geht es deinem Vater?» fragte er.

«Er hat sich einen Bart wachsen lassen und sieht aus wie Hemingway.»

«Kann ich mir vorstellen.» Ein Wildentenpaar flog vom Himmel herab, landete auf dem Wasser und wirbelte es bei der leichten Berührung zu weißem Schaum auf. Sinclair gähnte, streckte sich, gab mir einen brüderlichen Klaps und sagte, es sei Zeit fürs Frühstück.

Ich stellte fest, daß ich ausgehungert war. Es gab Eier und Speck, Coopers Orangenmarmelade und heiße bemehlte Brötchen, die, wie ich mich erinnerte, *baps* hießen. Während ich aß, unterhielten sich Sinclair und meine Großmutter über dies und das – Frühstücksgeplauder, das sich um die Nachrichten in der Lokalzeitung drehte, die Ergebnisse einer Blumenausstellung und einen Brief, den meine Großmutter von einem ältlichen Vetter erhalten hatte, der in einen Ort namens Mortar gezogen war.

«Weshalb, zum Teufel, ist er dort hingezogen?»

«Nun, es ist natürlich billiger dort und warm. Der gute Alte hat immer schrecklich unter Rheumatismus gelitten.»

«Und wie stellt er sich vor, seine Tage zu verbringen? Will er Touristen zur Besichtigung um den Grand Harbour rudern?»

Ich stellte fest, daß sie über Malta redeten. So wie sie es aussprachen, klang es wie Mortar. Ich war stärker amerikanisiert, als ich gedacht hatte.

Meine Großmutter schenkte Kaffee ein. Ich betrachtete sie und überlegte, daß sie nun siebzig Jahre alt sein mußte, aber sie sah immer noch genauso aus, wie ich sie in Erinnerung hatte. Sie war groß, würdevoll und eine beeindruckende Erscheinung. Ihr weißes Haar saß stets untadelig, ihre Augen lagen tief unter leicht gebogenen Brauen und waren von einem hellen, durchdringenden Blau. Im Augenblick wirkte sie bezaubernd jugendlich, aber ich wußte, daß sie mit einem einzigen Zucken der Brauen, begleitet von einem eisigen, durchdringenden Blick ihrer blauen Augen, unendliche Mißbilligung zum Ausdruck bringen konnte. Auch ihre Kleider waren alterslos und ausgesprochen vorteilhaft. Weiche Tweedröcke und Kaschmirpullover oder Strickjacken. Tagsüber trug sie immer ihre Perlen und ein Paar Korallenohrringe, die wie Tropfen geformt waren. Abends funkelten manchmal ein oder zwei bescheidene Diamanten an ihren dunklen Samtkleidern, denn sie war altmodisch genug, um sich jeden Abend zum Essen umzuziehen, selbst an Sonntagen, wenn wir nichts Aufregenderes aßen als Rühreier.

Als sie da behaglich am Kopfende ihres Tisches saß, dachte ich darüber nach, daß sie in ihrem Leben mehr als genug Tragödien hatte hinnehmen müssen. Ihr Mann war gestorben, dann hatte sie ihre Tochter verloren, und nun ihren Sohn Aylwyn, der sich entschlossen hatte, in Kanada zu leben. Sinclair und ich waren alles, was ihr geblieben war. Und Elvie. Aber ihr Rücken blieb ungebeugt und ihr Temperament ungebrochen, und ich war dankbar, daß sie nie eine jener trauernden alten Damen werden würde, die sich fortwährend an alte Zeiten erinnerten. Sie war zu interessiert, zu aktiv, zu intelligent. Unverwüstlich, sagte ich mir. Das ist sie. Unverwüstlich.

Nach dem Frühstück machten Sinclair und ich den obligatorischen Rundgang um die Insel, ohne etwas auszulassen. Wir traten durch das Tor, das zum Friedhof führte. Dort gingen wir um die alten Grabsteine, lugten durch die Fensteröffnungen der Kirchenruine, kletterten dann über die Mauer aufs Feld und gingen hinunter, an den Augen neugieriger Kühe vorbei, zum Ufer des Loch. Wir störten ein paar Wildenten auf, ließen um die Wette flache Steine übers Wasser tanzen und sahen zu, wessen Steine am weitesten kamen. Sinclair gewann. Als wir auf den Anlegesteg gingen, um nach dem lecken alten Boot zu sehen, das so verteufelt schwer zu rudern war, hallten unsere Tritte auf den durchhängenden Planken.

«Eines Tages», sagte ich, «wird es zusammenbrechen.»

«Es hat keinen Sinn, es reparieren zu lassen, wenn es nie gebraucht wird.»

Wir gingen weiter am Seeufer entlang, unter den ausladenden Buchen, wo wir unsere Baumhäuser gebaut hatten, und dann hoch durch das Birkengehölz, um das still die Blätter fielen, und zurück zum Haus, vorbei an einer Reihe von Nebengebäuden – verlassenen Ställen und einer alten Remise, die schon lange als Garage genutzt wurde.

«Komm, schau dir meinen Wagen an», sagte Sinclair.

Wir mühten uns mit Riegeln und der großen, altmodischen Tür ab, und schließlich schwang sie quietschend auf, um neben dem großen würdevollen Daimler meiner Großmutter den Blick auf einen dunkelgelben Lotus Elan freizugeben. Er lag sehr niedrig auf dem Boden, hatte ein schwarzes Verdeck und wirkte wie eine tödliche Waffe.

«Wie lange hast du den schon?»

«Oh, etwa sechs Monate.» Er setzte sich hinters Steuer und fuhr ihn rückwärts hinaus, der Motor knurrte wie ein wütender Tiger, und Sinclair führte mir, wie ein kleiner Junge mit einem neuen Spielzeug, die verschiedenen Vorzüge des Autos vor: die elektrisch zu bedienenden Fenster, den raffinierten Mechanismus, der das Verdeck betätigte, den automatischen Diebstahlalarm, die Klappen über den Scheinwerfern, die sich öffneten und schlossen wie riesige Augenlider.

«Wie schnell fährt er?» erkundigte ich mich nervös.

Er zuckte die Achseln. «Hundertzwanzig, hundertdreißig? Meilen natürlich.»

«Nicht wenn ich drin sitze, hörst du?»

«Warte, bis du eingeladen wirst, mein hasenherziges Mädchen.»

«Du kannst doch nicht mit sechzig die Straßen hier hochfahren, ohne ganz und gar von der Fahrbahn abzukommen.»

Er stieg aus dem Auto. «Willst du ihn nicht zurückstellen?»

«Nein.» Er warf einen Blick auf seine Uhr. «Ich habe eine Verabredung zum Taubenschießen.» Da wußte ich, daß ich zu Hause war. In Schottland gehen die Männer fortwährend irgend etwas schießen, ohne Rücksicht auf Pläne, die ihre Frauensleute möglicherweise für sie gemacht haben.

«Wann bist du zurück?»

«Vielleicht zum Tee.» Er grinste zu mir herunter. «Ich sag dir was, nach dem Tee werde ich mit dir hinaufgehen, um die Gibsons zu besuchen. Sie können es gar nicht abwarten; ich habe versprochen, mit dir vorbeizukommen.»

«In Ordnung. Gehen wir zu ihnen.»

Wir kehrten zum Haus zurück, Sinclair, um sich umzuziehen und seine Schießutensilien zusammenzusuchen, und ich, um in meinem Zimmer auszupacken.

Als ich durch die Tür trat, schlug mir eiskalte Luft entgegen, ich schauderte und stellte fest, daß ich den Sonnenschein Kaliforniens und die amerikanische Zentralheizung bereits vermißte. Überall im Haus brannten offene Feuer, und es gab immer Gallonen heißen Wassers, aber in den Schlafzimmern war es entschieden kühl. Ich legte meine Kleider in die leeren Schubladen und kam zu dem Schluß, daß sie zwar pflegeleicht, knitterfrei und formstabil, nicht aber warm waren. Für Schottland würde ich ein paar neue kaufen müssen. Vielleicht – eine erfreuliche Vorstellung – würde meine Großmutter das für mich tun.

Mit diesem Gedanken ging ich nach unten, um sie zu suchen. Ich traf sie, als sie in Gummistiefeln und einem uralten Regenmantel mit einem Korb in der Hand aus der Küche kam.

«Ich wollte gerade nach dir sehen», sagte sie. «Wo ist Sinclair?»

«Tauben schießen gegangen.»

«Stimmt, er sagte, er wäre zum Mittagessen nicht da. Komm mit und hilf mir, Rosenkohl zu pflücken.»

Wir wurden einen Augenblick aufgehalten, weil ich nach Gummistiefeln und einem alten Mantel suchen mußte, dann gingen wir wieder in den friedlichen Vormittag hinaus, nur lenkten wir diesmal unsere Schritte zu dem ummauerten Garten. Will, der Gärtner, war bereits dort. Er sah auf, als wir kamen, hörte auf zu graben und trottete freundlich über die frisch umgegrabene Erde, um mir eine sandige Hand zu reichen.

«Ah, ja», sagte er, «esch isch schon lange her, scheit Schie tschuletscht in Elvie waren.» Er sprach nicht immer sehr deutlich, denn er trug seine Zähne nur an Sonntagen. «Und wie isch dasch Leben in Amerika?»

Ich erzählte ihm ein bißchen von dem Leben in Amerika, er fragte nach meinem Vater, ich fragte nach Mrs. Will, die offenbar leidend war, wie immer. Schließlich wandte er sich wieder seiner Arbeit zu und grub weiter um, und meine Großmutter und ich gingen Rosenkohl pflücken.

Als wir den Korb gefüllt hatten, kehrten wir zum Haus zurück, aber der Vormittag war so frisch und ruhig, daß Großmutter sagte, sie wolle noch nicht hineingehen. Wir setzten uns auf eine weißgestrichene Eisenbank, blickten über den Garten und das Wasser bis zu den Bergen dahinter. Die Rabatten waren dicht bewachsen mit Dahlien, Zinnien und violetten Herbstastern, und das perlnasse Gras war übersät mit den dunkelroten Blättern kanadischer Ahornbäume.

«Ich finde immer, der Herbst ist eine vollkommene Jahreszeit», sagte sie. «Manche Leute finden ihn traurig, aber er ist wirklich viel zu schön, um traurig zu sein.»

Ich zitierte:

«Der September ist da, er gehört ihr,
Deren Leben stark wird im Herbst...»

«Wer hat das geschrieben?»

«Louis MacNeice. Wird dein Leben stark im Herbst?»

«Nun, vielleicht vor zwanzig Jahren.» Wir lachten, und sie drückte meine Hand. «Ach, Jane, was für eine Freude, dich wieder hier zu haben.»

«Du hast so oft geschrieben, und ich wäre schon früher gekommen... aber es war wirklich nicht möglich.»

«Nein, natürlich nicht. Ich kann das schon verstehen. Und es war selbstsüchtig von mir, immer wieder darauf zu bestehen.»

«Und... diese Briefe, die du an meinen Vater geschrieben hast. Ich wußte nichts davon, sonst hätte ich ihn dazu gebracht, sie zu beantworten.»

«Er war immer ein sehr eigensinniger Mann.» Sie warf mir einen Blick zu, scharf und blau. «Wollte er nicht, daß du kommst?»

«Ich hatte mich entschlossen. Er gab nach. Außerdem, David Stewart war gekommen und wollte mich mitnehmen, deshalb konnte er kaum zu viele Einwände erheben.»

«Ich hatte Angst, du würdest es nicht über dich bringen, ihn allein zu lassen.»

«Nein.» Ich beugte mich hinab, hob ein Ahornblatt auf und begann, es zwischen den Händen zu zerpflücken. «Nein. Eine Freundin ist bei ihm.»

Wieder dieser Seitenblick. «Eine Freundin?»

Ich sah reumütig auf. Sie hatte immer strenge Prinzipien gehabt, war aber nie prüde gewesen. «Linda Lansing», sagte ich. «Sie ist Schauspielerin. Und seine derzeitige Freundin.»

«Ich verstehe», sagte meine Großmutter nach einer Weile.

«Nein, vielleicht verstehst du es nicht. Ich glaube, das

kannst du nicht verstehen. Aber ich mag sie, und sie kümmert sich um ihn... Jedenfalls bis ich wieder nach Hause komme.»

«Ich kann mir nicht vorstellen», sagte meine Großmutter, «warum er nicht wieder geheiratet hat.»

«Vielleicht weil er nie lange genug an einem Ort war, um das Aufgebot zu bestellen?»

«Aber das ist egoistisch. Er hat dir keine Chance gegeben fortzugehen, hierher zurückzukehren und uns alle zu besuchen oder auch nur irgendeinen Beruf auszuüben.»

«Ich habe mir nie gewünscht, einen Beruf auszuüben.»

«Aber heutzutage sollte jedes Mädchen in der Lage sein, seinen Unterhalt selbst zu verdienen.»

Ich sagte, ich sei sehr glücklich, den Unterhalt von meinem Vater bezahlt zu bekommen, aber meine Großmutter meinte, ich sei ebenso eigensinnig wie er, und ob mich nie irgendein Beruf interessiert hätte?

Ich dachte angestrengt nach, aber ich konnte mich nur erinnern, daß ich mit acht Jahren zum Zirkus gehen und helfen wollte, die Kamele zu putzen. Allerdings glaubte ich nicht, daß meine Großmutter das gelten lassen würde, deshalb erwiderte ich: «Eigentlich nicht.»

«Oh, meine arme Jane.»

Ich sträubte zur Verteidigung meines Vaters die Nackenhaare. «Ich bin nicht arm. Überhaupt nicht arm. Ich habe nicht das Gefühl, daß mir auch nur das geringste gefehlt hat.» Um das etwas abzumildern, fügte ich hinzu: «Außer Elvie. Ich habe Elvie sehr vermißt. Und dich. Und alles hier.» Sie schwieg. Ich ließ das zerpflückte Blatt fallen und beugte mich hinunter, um ein anderes aufzuheben. Eifrig damit beschäftigt, sagte ich: «David Stewart hat mir von Onkel Aylwyn erzählt. Ich habe Sinclair gegenüber nichts erwähnt, aber... es tut mir leid... ich meine, weil er so weit fort war und alles.»

«Ja.» Ihre Stimme war ausdruckslos. «Aber andererseits, er

hat es so gewollt – in Kanada zu leben, meine ich, und schließlich ist er dort gestorben. Siehst du, Elvie hat Aylwyn nie viel bedeutet. Er war im Grunde ein sehr ruheloser Mensch. Er brauchte Gesellschaft mehr als alles andere. Er liebte Abwechslung in allem, was er tat. Und dafür war Elvie nie der geeignete Ort.»

«Merkwürdig, ein Mann, der sich in Schottland langweilt... Es ist doch eine ganz und gar passende Umgebung für einen Mann.»

«Ja, aber weißt du, er schoß nicht gern, und er wollte nie angeln, es langweilte ihn. Er mochte Pferde und Rennen. Er ging mit Begeisterung zu Pferderennen.»

Ich stellte mit einiger Überraschung fest, daß wir zum erstenmal über meinen Onkel Aylwyn sprachen. Das Thema war nicht gerade gemieden worden, doch früher war ich einfach überhaupt nicht neugierig gewesen. Jetzt aber merkte ich, wie unnatürlich es war, daß ich so wenig über ihn wußte... Ich wußte nicht einmal, wie er ausgesehen hatte, denn meine Großmutter war – im Gegensatz zu den meisten Frauen ihrer Generation – nicht sehr für Familienfotos. Und die, die sie hatte, waren ordentlich in Alben eingeklebt worden und standen nicht in Silberrahmen auf dem großen Flügel herum.

«Was für ein Mensch war er? Wie sah er aus?»

«Wie er aussah? Er sah so aus wie Sinclair jetzt. Und er war sehr charmant. Er betrat einen Raum, und man konnte sehen, wie alle Frauen aufmerkten, anfingen zu lächeln und sich in Szene setzten. Es war ziemlich amüsant zu beobachten.»

Ich war kurz davor, sie nach Silvia zu fragen, aber sie kam mir zuvor, indem sie einen Blick auf die Uhr warf und wieder geschäftsmäßig wurde.

«Oh, ich muß gehen und Mrs. Lumley diesen Rosenkohl bringen, sonst reicht es ihr nicht mehr bis zum Mittagessen.

Danke für deine Hilfe beim Pflücken. Und ich habe unseren kleinen Schwatz sehr genossen.»

Sinclair hielt sein Versprechen und kam zum Tee zurück. Danach zogen wir die Mäntel an, pfiffen nach den Hunden und machten uns auf den Weg, um die Gibsons zu besuchen.

Sie lebten in einem kleinen Wildhüter-Cottage in einer Senke des Berges, der sich im Norden von Elvie erhob. Wir mußten die Insel verlassen, die Hauptstraße überqueren und einem Weg folgen, der sich zwischen Gras und Heidekraut hinaufschlängelte und zweimal über den Wildbach führte. Der Bach hatte sich seinen Weg durch die Höhen und Tiefen der Berge ins Loch gebahnt, und das Glen, durch das er floß, sowie die Berge auf beiden Seiten gehörten alle zum Besitz meiner Großmutter.

In alten Zeiten gab es Jagdgesellschaften, bei denen Schulkinder als Treiber angeheuert wurden und Bergponies die älteren Herren zu ihren Ansitzgruben hochtrugen. Jetzt war das Moor an eine Gruppe von Geschäftsleuten aus der Gegend verpachtet worden, die zu ihrem Vergnügen an zwei oder drei Samstagen im August im Moor herumwanderten, aber offenbar auch zufrieden damit waren, ihre Familien zum Picknick herzubringen oder im Bach zu fischen.

Als wir auf das Cottage zukamen, ertönte vielstimmiges wildes Gebell aus dem Zwinger, und aufgestört von dem Krach, erschien die Gestalt von Mrs. Gibson durch die offene Tür. Sinclair winkte und rief: «Hallo, da oben!» Mrs. Gibson winkte zurück und verschwand hastig wieder im Haus.

«Ob sie den Kessel aufsetzen will?» fragte ich.

«Oder Gibson vorwarnen, damit er seine Zähne einsetzt.»

«Das ist gar nicht nett.»

«Nein, aber wahrscheinlich.»

Neben dem Haus war ein alter Landrover geparkt, um dessen Reifen ein halbes Dutzend weißer Leghorn-Hennen herumpickte. An der Leine hing von der Brise steif geblähte Wäsche. Als wir die Tür erreichten, kam Mrs. Gibson wieder heraus. Sie hatte ihre Schürze abgenommen, trug eine Bluse mit einer Kameenbrosche am Kragen und strahlte von einem Ohr zum anderen.

«Oh, Miss Jane, ich hätte sie sofort wiedererkannt. Will sagte, Sie haben sich überhaupt nicht verändert. Und Mr. Sinclair... Ich wußte gar nicht, daß Sie hochgekommen sind.»

«Hab mir ein paar Tage freigenommen.»

«Kommen Sie herein, Gibson trinkt gerade seinen Tee.»

«Ich hoffe, wir kommen nicht ungelegen...» Sinclair trat beiseite und wartete darauf, daß ich voranging. Ich zog meinen Kopf vorsichtig an der Tür ein und ging in die Küche, wo ein Feuer im Kamin brannte. Gibson stemmte sich hinter einem Tisch auf die Füße, der beladen war mit Scones, Kuchen, Butter und Marmelade, Tee und Milch und einer Wabe Honig. Außerdem roch es stark nach Schellfisch.

«Oh, Gibson, wir stören wirklich...»

«Überhaupt nicht, überhaupt nicht...» Er streckte die Hand aus, die sich trocken und knorrig anfühlte wie alte Baumrinde. Ohne seinen unvermeidlichen Tweedhut sah er seltsam und fremd aus, so verletzlich wie ein Polizist ohne Helm, sein kahler Kopf war nur von ein paar Strähnen weißen Haars geschützt. Ich stellte fest, daß er von all meinen Freunden in Elvie als einziger wirklich alt geworden war. Seine Augen waren blaß und weiß umrändert. Er war dünner, gebeugter, und seine Stimme hatte ihre männliche Tiefe verloren.

«Aye, wir haben gehört, Sie seien auf dem Weg nach Hause.» Er drehte sich um, als Sinclair uns in den heißen, überfüllten kleinen Raum folgte. «Und Sie auch, Sinclair.»

«Hallo, Gibson.»

Mrs. Gibson trat geschäftig hinter ihm herein und übernahm das Kommando über uns alle. «Er trinkt gerade seinen

Tee, Sinclair, aber Sie können sich für eine kleine Weile dazusetzen, Gibson wird nichts dagegen haben. Also, Sie setzen sich hierher, Jane, ans Feuer, wo es schön warm ist...» Ich setzte mich so dicht an den glühenden Kamin, daß ich fast geröstet wurde. «Möchten Sie eine Tasse Tee?»

«Ja, sehr gerne.»

«Und einen winzigen Happen zu essen.» Sie eilte geschäftig in die Spülküche, legte ihrem Mann im Vorbeigehen die Hand auf die Schulter und drückte ihn wieder zurück auf seinen Stuhl. «Setz dich, Lieber, und iß deinen Fisch auf, Jane hat wohl nichts dagegen...»

«Ja, bitte, essen Sie weiter.»

Aber Gibson sagte, er habe genug gegessen, und Mrs. Gibson nahm rasch den Teller an sich, als wäre er anstößig, und ging, um ihren Kessel aufzusetzen. Sinclair zog an der anderen Seite des Tisches einen Stuhl hervor und setzte sich Gibson gegenüber. Er holte seine Zigaretten heraus, bot dem alten Wildhüter eine an, nahm sich selbst eine und beugte sich dann vor, um sie anzuzünden.

«Wie ist es Ihnen ergangen?» fragte er.

«Oh, nicht schlecht... es war ein großartiger, trockener Sommer. Ich habe gehört, Sie waren hinter den Tauben her, heute – wie ist es gelaufen?»

Bald waren sie in eine Unterhaltung vertieft. Wenn man ihrem Gespräch zuhörte und sie so sah, der junge kräftige Mann und der alte zittrige, war es schwer, sich vorzustellen, daß Gibson einmal der einzige Mensch gewesen war, vor dem Sinclair als Junge wirklich Respekt gehabt hatte.

Mrs. Gibson kam zurückgeeilt mit zwei sauberen Tassen – ihren besten, wie ich feststellte –, schenkte Tee ein und bot uns Scones an, zuckerglasierte Törtchen und Shortbread, das urschottische Gebäck. Wir lehnten alles höflich ab. Dann setzte sie sich auf die andere Seite des Kamins, und wir schwatzten gemütlich. Wieder wurde ich gefragt, was es Neues von meinem Vater gebe, ich berichtete und fragte dann nach ihren beiden Söhnen. Ich erfuhr, daß Hamish beim Militär war, George es aber geschafft hatte, an der Universität von Aberdeen aufgenommen zu werden, wo er Jura studierte.

Ich war sehr beeindruckt. «Aber das ist wunderbar. Ich wußte gar nicht, daß er so klug ist!»

«Er hat immer schon hart gearbeitet... ein richtiger Bücherwurm.»

«Also werden weder Hamish noch George in die Fußstapfen ihres Vaters treten.»

«Och, für die Jungen ist es etwas anderes. Sie wollen ihr Leben nicht bei jedem Wetter auf dem Berg verbringen... das ist zu ruhig für sie. Und wissen Sie, man kann es ihnen nicht zum Vorwurf machen. Es ist kein Leben für einen jungen Mann, obwohl wir es ganz gut geschafft haben, sie großzuziehen. Es steckt kein Geld mehr darin heutzutage. Nicht wenn sie mit einem Job in der Stadt dreimal soviel verdienen können, als Geschäftsleute, in einer Fabrik oder in einem Büro.»

«Ist Gibson traurig darüber?»

«Nein.» Sie sah ihren Mann voll Zuneigung an, aber er war zu vertieft in sein Gespräch mit Sinclair, als daß er ihren Blick bemerkt hätte. «Nein, er war immer darauf bedacht, daß sie tun sollten, was sie wollten, damit sie selber gut zurechtkommen. Er hat Geordie immer ermutigt... und wissen Sie», fügte Mrs. Gibson hinzu, «es geht doch nichts über eine gute Ausbildung.»

«Haben Sie nicht Bilder von den beiden? Ich wüßte gern, wie sie aussehen.»

Begeistert sprang sie auf. «Sie liegen neben meinem Bett. Ich gehe sie holen.»

Schon eilte sie davon, und ich hörte ihre schweren Schritte auf der kleinen Treppe und dann im Zimmer über uns. Hinter mir sagte Gibson: «Wissen Sie, es ist alles in Ordnung mit den alten Schießständen... als sie gebaut wurden, wurden sie gebaut, um zu halten... sie sind nur ein kleines bißchen zugewachsen.»

«Und die Vögel?»

«Aye, es gibt jede Menge Vögel. Wissen Sie, ich hatte im Frühjahr ein paar Füchse mit ihren Jungen.»

«Wie steht es mit den Kühen?»

«Ich habe dafür gesorgt, daß sie da nicht herumtrampeln. Und die Heide ist großartig, sie wurde gut abgebrannt am Beginn der Saison...»

«Wird Ihnen die Arbeit nicht zuviel?»

«Noch bin ich fit genug dafür.»

«Meine Großmutter erzählte, daß Sie im letzten Winter ein oder zwei Wochen im Bett lagen.»

«Das war nur ein bißchen Grippe. Der Doktor hat mir eine Flasche Medizin gegeben, und ich war wieder kerngesund. Sie müssen nicht auf alles hören, was die Frauen sagen.»

Mrs. Gibson, die mit den Fotos zurückkehrte, runzelte die Stirn.

«Was ist das mit den Frauen?»

«Ihr seid ein Haufen alter Glucken», sagte ihr Mann. «Macht eine große Geschichte wegen einem kleinen bißchen Grippe...»

«Es war durchaus nicht nur ein bißchen. Und was ich mich anstrengen mußte, damit er im Bett blieb!» Sie reichte mir die Fotos, damit ich sie betrachten konnte, und erwärmte sich für das Thema. «Ich war gar nicht so sicher, daß es nur Grippe war... Ich hab darauf gedrängt, daß er sich röntgen läßt, aber er wollte nichts davon hören.»

«Das sollten Sie aber, Gibson.»

«Ach, ich habe keine Zeit, wegen solcher Schnapsideen nach Inverness zu fahren...» Als wollte er dringend das

Thema wechseln, schob er seinen Stuhl näher zu mir, um über meine Schulter auf die Fotos seiner Söhne zu schauen: Hamish war ein solide aussehender Unteroffizier bei den *Camerons*, und George posierte formell in einem Fotostudio. «Geordie ist auf der Universität, hat Mrs. Gibson Ihnen das erzählt? Im dritten Jahr jetzt, und am Ende wird er Jurist. Wissen Sie noch, wie er Ihnen geholfen hat, das Baumhaus zu bauen?»

«Und es steht heute noch. Es ist nicht runtergeweht worden.»

«Alles was Geordie anfaßt, macht er ordentlich. Er ist ein großartiger Kerl.»

Wir blieben noch eine Zeitlang, um zu plaudern, dann schob Sinclair seinen Stuhl zurück und sagte, es sei Zeit zu gehen. Die Gibsons kamen mit heraus, um uns zu verabschieden. Sofort fingen die Hunde wieder mit ihrem Gebell an, so daß wir alle hinüber zu den Zwingern gingen, um mit ihnen zu sprechen. Es waren zwei, beides Hündinnen, die eine schwarz, die andere goldfarben. Die eine hatte ein weiches, cremiges Fell und einen liebenswerten Gesichtsausdruck mit schwarzen, leicht nach oben gebogenen Augen.

«Sie sieht aus wie Sophia Loren», stellte ich fest.

«Oh, aye», sagte Gibson. «Sie ist ganz hübsch. Sie ist gerade läufig, deshalb bringe ich sie morgen rüber nach Braemar. Da ist ein Mann mit einem guten Hund. Ich dachte, wollen wir doch mal sehen, ob wir nicht einen Wurf Welpen bekommen.»

Sinclair hob seine Augenbrauen. «Sie fahren morgen? Um wieviel Uhr?»

«Ich fahre gegen neun Uhr los.»

«Was sagt der Wetterbericht? Was wird morgen für ein Tag?»

«Wir sollten heute abend ein bißchen Wind bekommen,

der all diesen trüben Dunst fortweht. Für das Wochenende sind die Aussichten gut.»

Sinclair drehte sich um und lächelte mich an. «Was meinst du?»

Ich hatte mit dem Hund gespielt und kaum zugehört. «Wie bitte?»

«Gibson fährt morgen früh nach Braemar. Er könnte uns mitnehmen, und wir könnten über den Lairig Ghru nach Hause laufen...» Er drehte sich wieder Gibson zu. «Könnten Sie abends nach Rothiemurchus kommen, und uns dort abholen?»

«Oh, aye, das könnte ich. Wann ungefähr wäre das?»

Sinclair dachte nach. «Gegen sechs? Bis dahin sollten wir es schaffen.» Er sah mich wieder an. «Was meinst du, Jane?»

Ich war nie über den Lairig Ghru gegangen. In den alten Zeiten ging von Elvie aus jeden Sommer jemand diesen Weg, ich hatte mir jedesmal gewünscht, mitgehen zu dürfen, wurde aber nie mitgenommen, weil, wie es hieß, meine Beine nicht lang genug dafür seien. Jetzt aber...

Ich sah zum Himmel hoch. Die Wolkendecke vom Morgen war den ganzen Tag über nicht aufgerissen und wurde jetzt, als der Tag seinem Ende zuging, zu feinem Nebel. «Wird es wirklich ein schöner Tag?»

«Oh, aye, und sehr warm.»

Gibsons Meinung genügte mir. «Gern! Ich kann mir nichts Schöneres vorstellen.»

«Nun, dann ist das abgemacht. Dann um neun Uhr am Haus?»

«Ich werde dasein», versprach Gibson. Wir dankten ihnen für den Tee und gingen den Berg hinunter, über die nasse Straße und weiter nach Elvie. Die naßkalte Luft war schwer von Feuchtigkeit, und unter den Blutbuchen lag der Weg im Dunkeln. Ich war plötzlich niedergeschlagen. Ich hatte mir so gewünscht, daß sich nichts geändert hätte ... hatte gewünscht, daß es in Elvie genauso sein würde, wie ich es in Erinnerung hatte, aber Gibson so gealtert zu sehen hatte mich mit einem Ruck erwachsen werden lassen. Er war krank gewesen, sagte er. Eines Tages würde er sterben. Und der Gedanke an den Tod in dieser eisigen Stunde zwischen Tag und Nacht ließ mich erschauern.

«Kalt?» fragte Sinclair.

«Mir geht's gut. Es war ein langer Tag.»

«Bist du sicher, daß du morgen gehen willst? Es ist ein teuflischer Weg.»

«Ja, natürlich.» Ich gähnte. «Wir müssen Mrs. Lumley dazu bringen, daß sie uns ein Picknick mitgibt.»

Wir kamen unter den Buchen hervor, und die abweisende Nordfront des Hauses erhob sich vor uns, eine schwarze Silhouette vor dem finsteren Himmel. Ein einziges Licht schimmerte gelb durch die blaue Dämmerung. Ich beschloß, vor dem Abendessen ein heißes Bad zu nehmen, gegen die Kälte und gegen die Niedergeschlagenheit.

6

Das Bad munterte mich wirklich auf. Ich plätscherte in dem seidigen schottischen Wasser und döste vor mich hin. Es war noch früh, deshalb nahm ich eine Wärmflasche aus dem Badezimmerschrank, füllte sie mit Leitungswasser und legte mich für eine Stunde ins Bett. Ich hatte die Vorhänge nicht vorgezogen, lag im Dunkeln und lauschte dem endlosen Geschnatter der Wildgänse.

Dann zog ich mich wieder an. In dem vagen Verlangen, aus meinem ersten Abend zu Hause irgendwie einen besonderen Anlaß zu machen, mühte ich mich, mein Haar hochzustekken, und verwendete eine gute halbe Stunde auf mein Augen-Make-up. Dann holte ich mein einziges festliches Kleidungsstück hervor, einen schwarzgoldenen Kaftan aus schwerer Seide, über und über mit goldenen Stickereien und Schnüren verziert. Mein Vater hatte ihn in einem düsteren chinesischen Laden in San Francisco gefunden und ihm nicht widerstehen können.

Ich sah darin ziemlich majestätisch aus. Nach eingehender Prüfung meines Erscheinungsbildes im Spiegel befestigte ich meine Ohrringe, tupfte mir Parfum hinters Ohr und ging nach unten. Ich war zu früh, aber mit voller Absicht. Während meiner Siesta hatte ich einen Plan geschmiedet, und dazu wollte ich ungestört sein.

Das Wohnzimmer meiner Großmutter war für den Abend vorbereitet und bot einen bezaubernden Anblick, wie eine Bühnendekoration. Die Samtvorhänge waren vor die dunklen Fenster gezogen worden, die Kissen waren aufgeschüttelt, und die Zeitschriften lagen ordentlich aufeinander. Im Kamin flackerte ein Feuer. Das Zimmer wurde von einem Paar Lampen sanft beleuchtet, und das Licht der Flammen spiegelte sich in dem messingnen Kamingitter, dem Kohleneimer und den liebevoll polierten Holzmöbeln im Zimmer. Überall waren Blumen, Schachteln voller Zigaretten, und auf einem kleinen Tisch, der als Bar diente, standen ordentlich in einer Reihe Flaschen und Gläser, ein Eiskübel und eine kleine Schale Nüsse.

Auf der anderen Seite des Zimmers, neben dem Kamin, stand eine bauchige alte Vitrinenkommode mit verglasten Bücherregalen oben und drei tiefen, schweren Schubladen darunter. Ich ging hinüber, rückte einen kleinen Tisch aus dem Weg und kniete mich hin, um die unterste Schublade zu öffnen. Einer der Griffe war kaputt, die Schublade war sehr schwer, und ich kämpfte damit, als ich hörte, wie die Tür aufging und jemand hereinkam. Ich fühlte mich ertappt und fluchte insgeheim, hatte aber nicht mehr genug Zeit, um auf die Füße zu kommen. Genau hinter mir ertönte eine amüsierte Stimme: «Guten Abend.»

Es war David Stewart. Ich drehte mich zu ihm um und stellte fest, daß er unerwartet romantisch aussah in seinem dunkelblauen Dinnerjackett.

Zu überrascht, um höflich zu sein, stotterte ich: «Äh, ich hatte vollkommen vergessen, daß Sie zum Essen kommen.»

«Ich fürchte, ich bin ein bißchen zu früh. Es schien niemand dazusein, deshalb habe ich mich selbst hereingelassen. Was machen Sie da? Suchen Sie einen Ohrring, oder spielen Sie Verstecken?»

«Weder noch. Ich versuche, diese Schublade aufzubekommen.»

«Weshalb?»

«Sie war früher immer voller Fotoalben. Und sie ist so schwer, daß ich annehme, sie ist es immer noch.»

«Lassen Sie es mich mal versuchen.»

Ich rückte gehorsam zur Seite. Er hockte sich auf seinen langen Beinen hin, nahm die beiden Griffe, lockerte die Schublade sanft und zog sie auf.

«Es sieht so einfach aus», sagte ich, «wenn es jemand anders macht.»

«Ist es das, wonach Sie gesucht haben?»

«Richtig.» Es waren drei alte, mit Fotos vollgestopfte Alben, die zusammen ungefähr eine Tonne wogen.

«Hatten Sie vor, sich einer langen nostalgischen Sitzung hinzugeben? Angesichts dieser Menge werden Sie dafür wohl den Rest des Abends brauchen.»

«Nein, natürlich nicht. Aber ich möchte nachsehen, ob ein Bild von Sinclairs Vater dabei ist... Ich dachte, vielleicht gibt es irgendein Gruppenfoto von einer Hochzeit.»

Es entstand ein kurzes Schweigen. Dann fragte er: «Woher dieser plötzliche Wunsch, ein Foto von Aylwyn Bailey zu finden?»

«Nun, es hört sich vielleicht lächerlich an, aber ich habe nie eins gesehen. Ich meine, Großmutter hatte nie eins rumstehen. Ich glaube nicht einmal, daß in ihrem Zimmer eins ist... Ich kann mich nicht daran erinnern. Das ist doch komisch, oder nicht?»

«Nicht unbedingt. Nicht wenn man sie kennt.»

Ich beschloß, ihn ins Vertrauen zu ziehen. «Wir haben heute über ihn gesprochen. Sie sagte, er sah aus wie Sinclair, und er sei sehr charmant gewesen. Ihr zufolge brauchte er nur einen Raum zu betreten, und die Frauen lagen ihm scharenweise zu Füßen. Ich habe ihm nicht viel Beachtung geschenkt, als ich klein war... er war einfach Sinclairs Vater in Kanada. Aber... ich weiß auch nicht... plötzlich wurde ich ganz neugierig.»

Ich hob den obersten Band hoch und schlug ihn auf, doch

die Fotos waren erst zehn Jahre alt, deshalb griff ich weiter unten in die Schublade und holte den untersten hervor. Es war ein hübsches Album, in Leder gebunden, und alle Fotografien – inzwischen verblaßt und mit einem leichten Stich ins Sepiafarbene – waren mit geometrischer Präzision eingeklebt und mit weißer Tinte beschriftet worden.

Ich schlug die Seiten um. Jagdgesellschaften und Picknicks, Gruppenfotos und Studioporträts mit gemalten Hintergründen und Topfpalmen. Ein Mädchen in einer Federboa und ein schwarzbestrumpftes Kind (meine Mutter) als Zigeunerin verkleidet.

Und dann eine Hochzeitsgesellschaft. Meine Großmutter, stattlich in einem sehr langen Kleid und einem Kopfputz, der wie ein Samtturban aussah. Meine Mutter, heiter lächelnd, als sei sie finster entschlossen, amüsiert auszusehen. Mein Vater, jung und schlank, sauber rasiert und mit Leidensmiene. Vielleicht war sein Kragen zu eng. Ein unbekanntes Mädchen als Brautjungfer und schließlich die Braut und der Bräutigam, Silvia und Aylwyn. Ihre jungen Gesichter waren rund und erstaunlich unberührt von irgendwelcher Erfahrung. Silvia, mit einem kleinen, bemalten dunkelroten Mündchen. Aylwyn, der komplizenhaft in die Kamera lächelte, sah aus, als halte er die ganze Angelegenheit für einen überaus amüsanten Scherz.

«Nun?» sagte David schließlich.

«Großmutter hat recht... er sieht genauso aus wie Sinclair... nur daß sein Haar kürzer ist und anders geschnitten, und vielleicht ist er nicht ganz so groß. Und Silvia –» ich mochte Silvia nicht – «Silvia hat ihn verlassen, als sie erst ungefähr ein Jahr verheiratet waren. Wußten Sie das?»

«Ja, das wußte ich.»

«Deshalb war Sinclair immer in Elvie. Was machen Sie da?»

Er tastete hinten in der Schublade herum. «Hier sind noch

ein paar», sagte er und brachte einen Haufen auf dicken Karton aufgezogene Fotos zum Vorschein, die ganz nach hinten gesteckt worden waren.

«Was sind das für welche?» Ich legte das Album nieder, das ich in der Hand hielt.

Er drehte sich um. «Noch eine Hochzeit. Wenn ich raten müßte, würde ich sagen, die Ihrer Großmutter.»

Aylwyn war vergessen. «Oh, lassen Sie mal sehen.»

Wir waren nun in den Jahren des Ersten Weltkriegs, der Zeit unpraktischer langer Röcke und riesiger Hüte. Die Gesellschaft war um Stühle gruppiert wie königliche Hoheiten, hohe Kragen, Cutaways und Gesichter mit ungeheuer feierlichem Ausdruck. Meine Großmutter als junge Braut, vollbusig und in Spitzen gehüllt, ihr frischgebackener Ehemann sah kaum älter aus als sie. Er hatte ebenfalls diesen amüsierten, fröhlichen Ausdruck, den auch seine düstere Kleidung und der ungeheure Schnurrbart nicht auslöschen konnten.

«Er sieht sehr heiter aus», stellte ich fest.

«Ich glaube, das war er wohl auch.»

«Und wer ist das? Der alte Kerl mit Backenbart und Kilt?»

David sah mir über die Schulter. «Vermutlich der Vater des Bräutigams. Ist er nicht großartig?»

«Wer war er?»

«Ich glaube, ein ziemliches Original – nannte sich selbst Bailey of Cairneyhall. Er gehörte zu einer alten Familie hier aus der Gegend. Der Legende zufolge trat er immer mit ungeheuren Allüren und herrschaftlichem Gebaren auf, obwohl er keinen halben Penny in der Tasche hatte.»

«Und der Vater meiner Großmutter?»

«Dieser eindrucksvoll aussehende Gentleman, nehme ich an. Nun, er war von einem völlig anderen Schlag. Ein Börsenmakler aus Edinburgh. Er machte eine Menge Geld und starb als reicher Mann. Und Ihre Großmutter», fügte er im Anwaltston hinzu, «war sein einziges Kind.»

«Sie meinen ... sie war eine reiche Erbin.»

«Das kann man wohl so sagen.»

Ich betrachtete das Bild wieder, die ernsten, unvertrauten Gesichter. Das waren also meine Vorfahren, die Menschen, die mich gemacht hatten, mit all meinen Fehlern und meinen wenigen Stärken, die mir mein Gesicht und meine Sommersprossen und mein helles nordisches Haar vererbt hatten.

«Ich habe noch nicht einmal von Cairneyhall gehört.»

«Können Sie auch gar nicht. Es war so baufällig und klapprig, daß es schließlich abgerissen werden mußte.»

«Dann hat meine Großmutter nie dort gelebt?»

«Ich glaube, ein oder zwei Jahre, vermutlich unter den unbequemsten Umständen. Als ihr Mann starb, zog sie in diese Gegend, kaufte Elvie und ließ ihre Kinder hier aufwachsen.»

«Also ...» Ich unterbrach mich und stellte fest, daß ich, ohne viel darüber nachzudenken, es immer für selbstverständlich gehalten hatte, meine Großmutter sei von ihrem Mann finanziell gut versorgt worden. Aber jetzt sah alles ganz anders aus. Elvie, mit allem Drum und Dran, war von ihrem eigenen Erbe erworben worden und gehörte ausschließlich ihr. Es hatte keine wie auch immer geartete Verbindung zu ihrer Ehe mit Aylwyns Vater.

David sah mich an. «Also?» drängte er sanft.

«Nichts.» Es war mir peinlich. Alles was mit Geld zusammenhängt, verursacht mir Unbehagen, ein Zug, den ich von meinem Vater geerbt habe, und so wechselte ich hastig das Thema. «Woher wissen Sie überhaupt soviel über meine Verwandtschaft?»

«Weil ich mich um die Familienangelegenheiten kümmere.»

«Ich verstehe.»

Er klappte das Fotoalbum zu. «Vielleicht sollten wir sie jetzt wegpacken...»

«Ja, natürlich. Und, David... Großmutter muß nicht unbedingt wissen, daß ich all diese Fragen gestellt habe.»

«Ich werde kein Wort verraten.»

Wir legten die Alben und die Fotografien dorthin zurück, wo wir sie gefunden hatten, und schlossen die Schublade. Ich rückte den Tisch wieder an seinen Platz, bezog dann vor dem Feuer Posten, nahm eine Zigarette und zündete sie mit einem Fidibus an. Als ich mich aufrichtete, bemerkte ich, daß David mich beobachtete. «Sie sehen sehr schön aus», bemerkte er. «Schottland bekommt Ihnen offenbar gut.»

«Danke», entgegnete ich, wie es wohlerzogenen amerikanischen Mädchen beigebracht wird. (Englische Mädchen geben auf ein Kompliment Antworten wie: «Oh, überhaupt nicht, ich sehe schrecklich aus» oder «Wie können Sie nur sagen, daß Ihnen dieses Kleid gefällt? Es ist scheußlich.» Das – so wurde mir versichert – kann sehr abschreckend wirken.)

Um meine plötzliche Verlegenheit zu überbrücken, schlug ich ihm vor, ihm einen Drink zu mixen. Er lächelte. «In Schottland mixt man keinen Drink, man schenkt ein Glas ein.»

«Martinis aber nicht», beharrte ich. «Man kann einen Martini erst einschenken, nachdem man ihn gemixt hat. Das ist doch logisch.»

«Ein Punkt für Sie. Wollen Sie einen Martini?»

«Wissen Sie, wie man einen macht?» fragte ich unsicher.

«Das möchte ich doch annehmen.»

«Mein Vater sagt, es gibt nur zwei Männer in Großbritannien, die einen Martini mixen können, und einer davon sei er.»

«Dann muß ich der andere sein.» Er ging hinüber zu dem

Tisch und machte sich mit den Flaschen, dem Eiskübel und kleinen Spiralen aus Zitronenschale zu schaffen. «Was haben Sie heute gemacht?»

Ich erzählte es ihm, bis hin zu dem heißen Bad und meiner Siesta. Dann sagte ich: «Und Sie werden nicht erraten, was wir für morgen geplant haben.»

«Nein, das kann ich nicht. Erzählen Sie es mir.»

«Sinclair und ich werden über den Lairig Ghru wandern.»

Er war gebührend beeindruckt. «Wirklich?»

«Ja, wirklich. Gibson fährt uns nach Braemar hinüber und holt uns dann abends in Rothiemurchus ab.»

«Wie wird denn das Wetter morgen?»

«Gibson meint, es wird schön. Er sagt, der ganze Dunst wird fortwehen, und es wird sehr warm.» Ich betrachtete ihn. Ich mochte seine gebräunten Hände und sein dunkles, ordentlich gekämmtes Haar und die breiten Schultern unter dem weichen blauen Samt. Einem plötzlichen Impuls folgend sagte ich: «Sie sollten mitkommen...»

Er kam durch den Raum, die beiden blaßgoldenen, eiskalten Getränke in der Hand. «Das würde ich liebend gern tun, aber ich werde morgen den ganzen Tag beschäftigt sein.»

Ich nahm das Glas. «Vielleicht ein andermal.»

«Ja, vielleicht.»

Wir lächelten uns an und tranken. Der Martini war köstlich, er war eiskalt und stieg zu Kopf wie Feuer. «Ich werde meinem Vater sagen, daß ich den anderen Martini-Mixer gefunden habe», sagte ich. Dann fiel mir etwas anderes ein. «David, ich muß mir dringend was zum Anziehen besorgen...»

Er bewältigte den abrupten Themenwechsel spielend. «Was brauchen Sie denn?»

«Pullover und so etwas. Mein Vater hat mir Geld gegeben, aber es sind alles Dollarscheine. Glauben Sie, Sie könnten sie für mich wechseln?»

«Natürlich. Wann haben Sie vor, einkaufen zu gehen? Caple Bridge ist nicht gerade das Modezentrum des Nordens.»

«Ich will nichts Modisches, ich möchte nur etwas Warmes.»

«In diesem Fall wird es wohl gehen. Wann wollen Sie Ihren Einkaufsbummel machen?»

«Samstag?»

«Können Sie mit dem Auto Ihrer Großmutter fahren?»

«Ich kann damit fahren, aber ich darf nicht. Ich habe keinen britischen Führerschein... aber das macht nichts. Ich nehme den Bus...»

«In Ordnung. Dann kommen Sie ins Büro, ich sage Ihnen, wie Sie es finden. Dann gebe ich Ihnen Ihr Geld. Und wenn Sie sich mit Wollzeug eingedeckt und nichts Besseres zu tun haben, lade ich Sie zum Mittagessen ein.»

«Oh, wirklich?» Das hatte ich nicht erwartet, ich war begeistert. «Wo?»

Er kratzte sich gedankenverloren im Nacken. «Es gibt wirklich nicht viel Auswahl. Entweder das *Crimond Arms* oder bei mir. Aber meine Haushälterin kommt samstags nicht.»

«Ich kann kochen. Kaufen Sie etwas ein, und ich bereite es zu. Außerdem würde ich sowieso gern sehen, wo Sie wohnen.»

«Es ist nicht sehr aufregend.»

Trotzdem war ich einigermaßen aufgeregt. Ich fand immer schon, daß man einen Menschen erst kennt, wenn man sein Zuhause gesehen hat, seine Bücher, seine Bilder, die Art, wie er seine Möbel aufstellt. David war in Kalifornien und auf unserer Reise nach Hause immer nett und zuvorkommend gewesen, aber auch sehr korrekt, fast geschäftsmäßig. Nun aber hatte er mir geholfen, die Fotos zu suchen, die ich ansehen wollte, mit großer Geduld all meine Fragen beantwortet und mich schließlich zum Essen eingeladen. Ich hatte das Gefühl, daß sehr viel mehr an ihm dran war, als ich zuerst gedacht hatte, und die Vorstellung, daß er über mich vielleicht ebenso dachte, war keineswegs unangenehm.

Nach dem Abendessen wurde ich wieder überwältigt von Erschöpfung, Jet-lag oder wie immer man es nennen will. Ich schob die Anstrengungen des morgigen Tages als Entschuldigung vor, sagte den anderen gute Nacht und ging zu Bett, wo ich sofort fest einschlief.

Einige Zeit später weckte mich das Geräusch des Windes, den Gibson prophezeit hatte. Er rüttelte am Haus, pfiff unter meiner Tür durch und schäumte die Wasser des Lochs zu kleinen Wellen auf, die gegen den Kies klatschten. Und neben den Geräuschen der Nacht hörte ich Stimmen.

Ich sah auf die Uhr, stellte fest, daß es noch nicht Mitternacht war, und horchte wieder. Die Stimmen wurden deutlicher, und ich erkannte, daß es die von meiner Großmutter und Sinclair waren. Sie standen draußen auf dem Rasen unter meinem Zimmer, zweifellos hatten sie die Hunde auf eine Runde im Garten hinausgelassen, bevor sie das Haus für die Nacht abschlossen.

«... fand, daß er sehr alt geworden ist.» Das war Sinclair.

«Ja, aber was soll man denn machen?»

«Ihn in den Ruhestand schicken. Such dir jemand anderes.»

«Aber wo sollen sie denn hin? Von den Jungen hat keiner Familie, sie können sie nicht bei sich aufnehmen. Außerdem, er ist seit fast fünfzig Jahren hier... so lange wie ich. Ich kann ihn doch nicht einfach fortschicken, bloß weil er alt wird. Außerdem, wenn er nichts zu arbeiten hat, wäre er in zwei Monaten tot.»

Voller Unbehagen erkannte ich, daß sie über Gibson sprachen.

«Aber er ist zu dieser Art von Arbeit nicht mehr fähig.»

«Welche Gründe hast du, das zu sagen?»

«Das ist doch ganz offensichtlich. Es ist ihm zuviel geworden.»

«Soweit es mich betrifft, erledigt er seine Arbeit immer noch zu meiner vollständigen Zufriedenheit. Es ist doch nicht so, daß er ständig riesige Jagdgesellschaften organisieren muß. Die Pächter sind –»

Sinclair unterbrach sie. «Das ist auch so eine Sache. Es ist völlig unrentabel, ein fabelhaftes Moor wie dieses an einen oder zwei Geschäftsleute aus Caple Bridge zu verpachten. Was sie dir zahlen, deckt nicht einmal annähernd die Kosten für Gibsons Unterhalt.»

«Die ein oder zwei Geschäftsleute, Sinclair, sind zufällig meine Freunde.»

«Das hat damit nichts zu tun. Soweit ich sehen kann, betreiben wir eine Art Wohltätigkeitsorganisation.»

Es entstand eine Pause, dann korrigierte ihn meine Großmutter kühl: «*Ich* scheine eine Art von Wohltätigkeitsorganisation zu betreiben.»

Die eisige Kälte ihrer Stimme hätte mich zum Schweigen gebracht, Sinclair jedoch war dagegen offenbar unempfindlich. Ich fragte mich, wieviel von seinem Mut den Brandys nach dem Essen zu verdanken war.

«In diesem Fall», sagte er, «schlage ich vor, daß du damit aufhörst. Schick Gibson in Pension und verkauf das Moor oder verpachte es wenigstens an jemanden, der in der Lage ist, eine vernünftige Pacht dafür zu bezahlen.»

«Ich habe dir bereits gesagt...»

Ihre Stimmen wurden schwächer und entfernten sich. Ich stellte fest, daß ich starr in meinem Bett lag, mir war elend, weil ich gezwungen gewesen war, etwas zu hören, was nicht für meine Ohren bestimmt war. Der Gedanke, daß sie sich stritten, machte mich ganz krank, aber schlimmer war der Anlaß, aus dem sie sich stritten.

Gibson. Ich dachte daran, wie er früher gewesen war, stark und unerschütterlich, ein nie versiegender Quell alter Bauernregeln, volkstümlicher Weisheiten und Überlieferungen. Ich erinnerte mich daran, wie er – unendlich geduldig – Sinclair Schießen und Angeln beigebracht und unzählige Fragen beantwortet hatte und wir uns an seine Fersen hefteten wie junge Hunde. Und Mrs. Gibson, die uns verwöhnt und gehätschelt hatte, uns Süßigkeiten gekauft und mit heißen, ofenfrischen Scones gefüttert hatte, von denen die dicke gelbe, selbstgemachte Butter tropfte.

Es war unmöglich, die Vergangenheit und die Gegenwart in Übereinstimmung zu bringen – den Gibson, an den ich mich erinnerte, und den alten Mann, den ich heute gesehen hatte. Noch schwerer aber wurde ich damit fertig, daß mein Vetter Sinclair so selbstverständlich davon sprach, Gibson fortzuschicken, als wäre die Zeit gekommen, sich möglichst schmerzlos eines übelriechenden alten Hundes zu entledigen.

7

Wieder wachte ich auf, irgendeine unbewußte Unruhe hatte mich aus dem Schlaf gerissen. Ich wußte, daß es hell geworden war, drehte mich um und öffnete die Augen. Ein Mann stand am Fußende meines Bettes und betrachtete mich kühl. Ein Laut des Schreckens entfuhr mir, mit klopfendem Herzen setzte ich mich auf, aber es war Sinclair, der gekommen war, um mich zu wecken.

«Es ist acht Uhr», sagte er. «Um neun müssen wir los.»

Ich rieb mir den Schlaf aus den Augen und ließ mir Zeit, damit die panische Angst sich legen konnte, die mir in die Glieder gefahren war. «Du hast mich fürchterlich erschreckt.»

«Tut mir leid, das wollte ich nicht... ich wollte dich nur wecken.»

Er lehnte mit verschränkten Armen über dem Fußende meines Bettes, und seine leicht schrägen Augen funkelten vor Vergnügen. Er trug einen ausgeblichenen Kilt, einen weiten gerippten Pullover und hatte einen Schal um den Hals geknotet. Er sah sauber und gebürstet aus und roch köstlich nach Rasierwasser.

Ich stand auf und lehnte mich aus dem offenen Fenster, um nach dem Wetter zu sehen. Es war ein vollkommen schöner Tag, hell, strahlend und kalt, keine Wolke stand am Himmel. «Gibson hatte recht», murmelte ich.

«Natürlich hatte er recht. Er hat immer recht. Hast du heute nacht den Wind gehört? Und es gab Frost, bald werden sich alle Bäume verfärben.»

Das Loch, in dem sich blau der Himmel spiegelte, war mit

kleinen weißen Schaumtupfen übersät. Die Berge dahinter waren nicht mehr von Dunst verschleiert, sondern klar und glitzernd, mit großen Flächen violetten Heidekrauts gefleckt, und in der kristallenen Morgenluft konnte ich jeden Felsen, jeden Spalt und jeden kleinen Talkessel genau erkennen, bis hoch zu den Gipfeln.

An einem solchen Tag mußte man einfach guter Laune sein. Die Ängste der Nacht waren mit der Dunkelheit verflogen. Ich hatte etwas gehört, was nicht für meine Ohren bestimmt gewesen war. Im klaren Licht des Morgens jedoch schien es durchaus möglich, daß ich mich geirrt, mich verhört hatte. Schließlich hatte ich weder den Beginn der Diskussion noch deren Ende mitbekommen... und da ich nur die Hälfte der Tatsachen kannte, durfte ich mir kein Urteil erlauben.

Vor Erleichterung, meine geheimen Befürchtungen so leicht losgeworden zu sein, war ich plötzlich ungeheuer glücklich. Ich drehte mich um und machte mich im Nachthemd auf die Suche nach meinen Kleidern. Sinclair, der seine Mission erfolgreich ausgeführt hatte, ging nach unten, um zu frühstücken.

Wir aßen in der Küche, am Ofen war es warm und gemütlich. Mrs. Lumley hatte Würstchen gebraten, ich aß vier davon und trank zwei riesige Tassen Kaffee. Dann stöberte ich einen alten Rucksack auf, und wir packten ihn voll Proviant für das Mittagessen: belegte Brote, Schokolade, Äpfel und Käse.

«Wollt ihr eine Thermoskanne mitnehmen?» erkundigte Mrs. Lumley sich.

«Nein», sagte Sinclair, der immer noch Toast und Marmelade in sich hineinstopfte. «Stecken Sie ein paar Plastikbecher ein, dann können wir aus dem Fluß trinken.»

Draußen hupte ein Auto, und unmittelbar danach erschien Gibson an der Hintertür. Er hatte seine ausgebeulten grünlichen Tweedsachen an, die Knickerbocker schlotterten um seine dünnen Waden, und auf dem Kopf trug er einen alten Tweedhut.

«Sind Sie soweit?» fragte er, wobei er offenbar kaum damit rechnete.

Aber wir waren bereit. Wir nahmen wasserdichte Anoraks und den Rucksack mit der Verpflegung, sagten Mrs. Lumley auf Wiedersehen und gingen in den strahlenden Morgen hinaus. Eisig drang die Luft in meine Nase, sie schnitt tief in die Lungen und gab mir das Gefühl, ich könne über das Haus springen.

«Haben wir nicht Glück?» jubelte ich. «Was für ein wunderschöner Tag.»

«Es ist ganz in Ordnung», sagte Gibson, und das war für ihn als Schotten das größte Maß an Begeisterung, das er aufbringen konnte.

Wir kletterten in den Landrover. Auf dem Vordersitz war genug Platz für uns drei, aber Gibsons Hündin war nervös und sah so aus, als brauche sie Gesellschaft, deshalb beschloß ich, mich zu ihr nach hinten zu setzen. Am Anfang jaulte sie und war unruhig und ängstlich, aber nach einer Weile gewöhnte sie sich an das Rumpeln des Autos und legte sich hin, um zu schlafen, ihren weichen, samtigen Kopf auf meinem Schuh. Gibson nahm die Straße nach Braemar über Tomintoul, fuhr nach Süden über die Berge und rollte etwa gegen elf Uhr in das goldene, sonnendurchflutete Tal des Dee hinab. Der Fluß führte Hochwasser, tief und klar wie braunes Glas wand er sich durch Felder, Ackerland und hohe schottische Kiefern. Wir kamen nach Braemar, fuhren hindurch und noch etwa drei Meilen weiter, bis wir zu der Brücke kamen, die den Fluß überquert und nach Mar Lodge führt.

Dort hielten wir an und stiegen aus. Der Hund wurde von der Leine gelassen, und Gibson holte den Schlüssel für die

Wildgatter. Dann gingen wir alle in eine Bar, wo Sinclair und Gibson Bier tranken. Ich bekam ein Glas Cidre.

«Wie weit ist es noch?» wollte ich wissen.

«Noch ungefähr vier Meilen», antwortete Gibson. «Aber die Straße ist sehr schlecht, vielleicht setzen Sie sich besser zu uns nach vorn.»

Also ließ ich den Hund allein und setzte mich zwischen die beiden Männer auf den Vordersitz. Die Straße war kaum als solche zu bezeichnen, es war nicht mehr als ein Weg, den die Forstarbeiter ausgefahren hatten. Dann und wann fuhren wir an einer Gruppe Waldarbeiter vorbei, die mit riesigen Kettensägen und Traktoren arbeiteten. Wir winkten, sie winkten zurück, und ein- oder zweimal mußten sie ihren großen, am Weg abgestellten Lastwagen zurücksetzen, damit wir vorbeifahren konnten. Die Luft war erfüllt vom würzigen Geruch der Bäume. Als wir schließlich zu der kleinen Hütte kamen, die von den Bergsteigern und Wochenendausflüglern benutzt wurde, kletterten wir steif und mit von der Fahrt schmerzenden Gliedern aus dem Landrover. Unendliche Ruhe breitete sich um uns aus. Wir waren umgeben von Wald, Moor und Bergen, und nur ein entferntes Plätschern von Wasser und das Rauschen der Kiefern weit über uns unterbrachen die Stille.

«Ich hole Sie dann am Loch Morlich ab», sagte Gibson. «Meinen Sie, daß Sie es bis sechs Uhr schaffen können?»

«Wenn nicht, warten Sie auf uns. Und wenn wir bis zum Dunkelwerden nicht zurück sind, rufen Sie die Bergwacht an.» Sinclair grinste. «Wir werden auf dem Weg bleiben, es sollte also nicht schwer sein, uns zu finden.»

«Verknacksen Sie sich nicht den Fuß», warnte mich Gibson. «Ich wünsche Ihnen einen schönen Tag.»

Er stieg in sein Auto und fuhr auf dem Weg davon, den wir gekommen waren. Das Geräusch des Motors erstarb in der Unendlichkeit des Morgens. Ich sah zum Himmel auf und dachte, nicht zum erstenmal, daß es in Schottland geradezu eine Überfülle an Himmel gibt... er dehnt sich in die Weite und in die Höhe und scheint sich ins Grenzenlose zu erstrekken. Ein paar Brachvögel flogen vorüber, und in der Ferne konnte ich das Blöken von Schafen hören. Sinclair lächelte zu mir herab. «Gehen wir?»

Wir gingen los, Sinclair voran, ich folgte ihm. Der Weg führte an einem Bach entlang, der zwischen Binsen dahinfloß. Wir kamen zu einer einsam gelegenen Schaffarm mit hölzernen Schafhürden, ein Hund rannte heraus und bellte uns an. Wir gingen weiter, an der Farm vorüber, und der Hund zog sich in seinen Zwinger zurück. Wieder senkte sich die Stille herab. Hier und dort zeigten sich kleine Farbtupfen, blühende Glockenblumen, riesige violette Disteln und dunkle Flächen voll Heidekraut, in dem Bienen summten. Die Sonne stieg hoch in den Himmel, wir schälten uns aus unseren Pullovern und banden sie uns um die Taille. Vor uns zog sich der Weg den Berg hoch, wir kletterten durch ein kleines Waldstück, und vor mir begann Sinclair leise zu pfeifen. Ich erkannte die Melodie, «Mairis Hochzeit». Wir hatten das Lied als Kinder gesungen, nach dem Tee im Wohnzimmer, und Großmutter hatte uns auf dem Klavier begleitet:

«Freudig schreiten wir voran,
Schritt für Schritt, Mann für Mann,
jeder läuft so schnell er kann
hin zu Mairis Hochzeit.»

Wir kamen zu einer Brücke und einem Wasserfall. Das Wasser war nicht braun, sondern grün wie chinesische Jade und fiel zwanzig Fuß oder mehr hinab in ein Becken aus blassem Gestein. Wir standen auf der Brücke und betrachteten den Bogen aus Wasser, hell wie ein Edelstein. Durchsichtig und schillernd im Sonnenlicht und von einem Miniaturregenbogen umrandet, ergoß es sich in das brodelnde Becken. So etwas Hübsches hatte ich noch nie gesehen. Um das Tosen des Wassers zu übertönen, fragte ich schreiend: «Warum hat das Wasser diese Farbe? Warum ist es nicht braun?» Sinclair erklärte mir, das sei so, weil das Wasser hier frisch über die Kalksteinfelsen flösse und nicht vom Torf verschmutzt sei. Wir blieben eine Weile stehen, bis er mahnte, wir hätten keine Zeit zu verlieren und müßten uns auf den Weg machen.

Um uns anzuspornen, sangen wir wieder, wobei wir darin wetteiferten, wer sich besser an die Texte erinnerte. Irgendwann stieg unser Weg steil an, er führte über die Schulter eines hohen Berges, und wir hörten auf zu singen, denn wir brauchten alle Luft, um nicht aus der Puste zu kommen. Der Boden war dick mit alten Heidekrautwurzeln gepolstert und sehr sumpfig, bei jedem Schritt quoll dunkler Schlamm neben meinen Schuhen auf. Meine Beine und mein Rücken begannen zu schmerzen, und ich bekam kaum noch Luft. Ich versuchte mir Nahziele zu setzen – diese Bergschulter noch und dann die folgende Höhe, aber es schien, als gäbe es immer einen weiteren Gipfel, der dahinter wartete. Es war sehr entmutigend.

Und dann, als ich schon die Hoffnung aufgeben wollte, jemals an irgendein Ziel zu kommen, tauchte vor uns ein schwarzer Bergzacken auf. Die zerklüftete Spitze stach in das Blau des Himmels, und die steile Wand fiel mindestens tausend Fuß ab in ein enges braunes Tal.

Ich blieb stehen und streckte die Hand aus. «Sinclair, was ist das?»

«Der Teufelsgipfel.» Er hatte eine Karte. Wir setzten uns, er entfaltete sie, strich sie gegen den Wind glatt und sah nach, wie die Gipfel um uns herum hießen: Ben Vrottan und Cairn Toul, Ben Macdui und der lange Kamm, der zu den Cairngorms führte.

«Und dieses Tal?»

«Glen Dee.»

«Und der kleine Bach?»

«Der kleine Bach, wie du ihn nennst, ist der mächtige Dee höchstpersönlich, natürlich in seinem Frühstadium.» Es war allerdings kaum zu glauben, daß dieser bescheidene Bach mit dem majestätischen Fluß identisch war, den wir am Morgen gesehen hatten.

Wir aßen etwas Schokolade und setzten uns wieder in Marsch. Glücklicherweise ging es nun bergab, jetzt hatten wir den langen Weg vor uns, der zum Lairig Ghru führte. Er wand sich wie eine weiße Kritzelschrift im braunen Gras, stieg sanft an zu einem entfernten Punkt am Horizont, wo Berge und Himmel sich zu treffen schienen. Wir gingen und gingen, der Teufelsgipfel türmte sich vor uns auf und blieb hinter uns zurück. Wir waren allein – wirklich allein. Keine Kaninchen, keine Hasen, kein Wild, kein Moorhuhn. Kein Adler. Nichts durchbrach die Stille. Keine lebende Kreatur rührte sich. Nur das Geräusch unserer eigenen Schritte und Sinclairs Pfeifen waren zu hören.

«Viel Fleisch und viel Fisch,
gut zu essen auf dem Tisch,
viele Söhne hübsch und frisch,
das wünschen wir dir, Mairi.»

Jetzt kam eine Hütte in Sicht, ein steinerner Unterstand, der sich auf der gegenüberliegenden Seite des Flusses an den Fuß des Berges duckte.

«Was ist das?» fragte ich.

«Eine Schutzhütte, die Bergsteiger oder Wanderer bei schlechtem Wetter benutzen.»

«Wie sind wir in der Zeit?»

«Gut.»

«Ich hab ein bißchen Hunger.»

Er grinste mich über die Schulter an.

«Wenn wir bei der Hütte ankommen, essen wir», versprach er.

Nach dem Essen lagen wir träge auf dem Rücken, mit dem blühenden Gras als Polster, Sinclair hatte den Kopf auf seinen Pullover gebettet. Ich lag nun mit dem Kopf auf seinem Bauch, sah zu dem wolkenlosen blauen Himmel auf und überlegte, wie seltsam es doch war, mit einem Vetter zusammenzusein – manchmal waren wir uns so nah wie Bruder und Schwester, aber dann wieder gab es eine merkwürdige Befangenheit zwischen uns. Ich dachte, das müsse daran liegen, daß wir keine Kinder mehr waren... daran, daß ich Sinclair ungeheuer attraktiv fand. Aber auch das konnte meine instinktive Zurückhaltung nicht völlig erklären, es war mir, als schlüge irgendwo ganz hinten in meinem Kopf eine Glocke Alarm.

Eine Fliege, eine Mücke, irgendein Insekt landete auf meinem Gesicht, und ich wischte es fort. Es setzte sich wieder. «Verflixt», sagte ich.

«Was ist?» kam es schläfrig von Sinclair.

«Eine Fliege.»

«Wo?»

«Auf meiner Nase.»

Seine Hand erschien, um die Fliege wegzuscheuchen. Sie legte sich um meine Wange und blieb da liegen, seine Finger umfaßten mein Kinn.

«Wenn wir einschlafen, werden wir beim Aufwachen feststellen, daß Gibson mit der gesamten Mannschaft der Bergwacht über den Paß angerückt kommt, um nach uns zu suchen», murmelte er.

«Wir schlafen schon nicht ein.»

«Wie kannst du so sicher sein?»

Ich antwortete nicht, ich konnte nicht von meinen inneren Spannungen sprechen, dem Zusammenziehen meines Magens bei der Berührung seiner Hand... Tatsache war, daß ich nicht wußte, ob dieses Zusammenziehen etwas mit Sex zu tun hatte oder – Angst? Merkwürdig, daß mir dieses Wort beim Gedanken an Sinclair einfiel. Auf einmal drängte das Gespräch, das ich letzte Nacht mitangehört hatte, aus den Tiefen meines Unterbewußtseins wieder an die Oberfläche, und ich quälte mich damit wie ein Hund mit einem alten, unappetitlichen Knochen. Ich sagte mir, ich hätte nach meiner Großmutter sehen sollen, bevor ich am Morgen aufgebrochen war. Ein Blick auf ihr Gesicht, und ich hätte gewußt, wo der Hase im Pfeffer lag. Aber sie war vor unserem Aufbruch nicht erschienen, und wenn sie schlief, wollte ich sie nicht stören.

Ich bewegte mich unbehaglich, und Sinclair sagte: «Was ist los? Du bist ganz verspannt. Hast du irgendwelche geheimen Ängste? Eine Art Schuldkomplex?»

«Weshalb sollte ich mich wohl schuldig fühlen?»

«Das mußt du mir sagen. Vielleicht weil du deinen Vater allein gelassen hast?»

«Dad? Du machst wohl Witze.»

«Du meinst, du warst ganz glücklich, den Staub von Reef Point, Kalifornien, von deinen hübschen Fersen zu schütteln?»

«Ganz und gar nicht. Aber Dad wird im Augenblick mehr als gut versorgt, und einen Schuldkomplex hat er absolut nicht verdient.»

«Dann muß es etwas anderes sein.» Sein Daumen bewegte sich leicht über meine Wange. «Ich weiß, es ist der liebeskranke Rechtsanwalt.»

«Der was?» Jetzt war meine Überraschung wirklich echt.

«Der Rechtsanwalt. Du weißt schon, der alte, trockene Rankeillor persönlich.»

«Zitate von Robert Louis Stevenson bringen uns auch nicht weiter! Ich weiß immer noch nicht, wovon du sprichst.» Aber natürlich wußte ich es.

«David Stewart, mein Schatz. Hast du nicht gemerkt, daß er gestern abend seine Augen nicht von dir abwenden konnte? Während des gesamten Abendessens hat er dich angesehen, mit einem lüsternen Funkeln im Auge. Ich muß schon sagen, du warst auch ein reichlich appetitlicher Anblick. Wo hast du dieses orientalisch anmutende Gewand her?»

«Aus San Francisco. Du bist einfach albern.»

«Überhaupt nicht... ehrlich, man konnte es schon von weitem sehen. Wie gefällt dir die Idee, einem alten Mann den zweiten Frühling zu versüßen?»

«Sinclair, er ist nicht alt.»

«Ich nehme an, so ungefähr fünfunddreißig, meine Liebe.» Seine Stimme nahm den zuckersüßen Ton einer vertrockneten Herzogswitwe an. «Und so ein netter Junge.»

«Du bist einfach gemein.»

«Das bin ich.» Ohne die Miene zu verändern, fuhr er fort: «Wann gehst du zurück nach Amerika?»

Ich war überrumpelt. «Warum?»

«Ich will es nur wissen.»

«In einem Monat?»

«So bald schon? Ich hatte gehofft, du bleibst. Verläßt deinen Vater und schlägst Wurzeln im Land deiner Ahnen.»

«Ich mag meinen Vater zu sehr, um ihn zu verlassen. Und außerdem, was sollte ich hier tun?»

«Einen Job annehmen?»

«Du sprichst wie Großmutter. Ich kann gar keinen Job annehmen, denn ich habe nichts gelernt.»

«Du könntest Sekretärin werden.»

«Nein, das kann ich nicht. Jedesmal wenn ich versuche etwas zu tippen, kommt ein Haufen Fehler dabei heraus.»

«Du könntest heiraten.»

«Ich kenne niemanden.»

«Du kennst mich», sagte Sinclair.

Sein Daumen, der meine Wange streichelte, hielt plötzlich still. Nach einer Weile setzte ich mich auf und drehte mich um, damit ich ihn ansehen konnte. Seine Augen waren blauer als der Himmel, aber ihr klarer Blick verriet absolut nichts.

«Was hast du gesagt?»

«Ich sagte, du kennst mich.» Seine Hand bewegte sich, er ergriff mein Handgelenk und umringte es leicht mit seinen Fingern.

«Das kann nicht dein Ernst sein.»

«Wirklich? Na gut, dann tun wir so, als wäre es mein Ernst. Was würdest du sagen?»

«Na ja, zunächst einmal wäre das praktisch Inzest.»

«Blödsinn.»

«Und warum ich?» Allmählich erwärmte ich mich für das Thema. «Du weißt sehr gut, daß du mich immer häßlich fandest wie die Nacht, schließlich hast du mir das ständig erzählt...»

«Jetzt nicht mehr. Du bist nicht mehr häßlich. Du hast dich in eine hinreißende Wikingerin verwandelt.»

«...und ich habe nicht eine einzige Begabung. Ich kann noch nicht einmal Blumen arrangieren.»

«Warum, zum Teufel, sollte ich wollen, daß du Blumen arrangierst?»

«Und außerdem – ich kann mir nicht vorstellen, daß du nicht überall im Land scharenweise bereitwillige weibliche Wesen an der Hand hast, die aus lauter Liebe zu dir dahinschmachten und von dem Tag träumen, an dem du sie fragen wirst, ob sie Mrs. Sinclair Bailey werden wollen.»

«Kann sein», sagte Sinclair aufreizend selbstbewußt. «Aber ich will sie nicht.»

Ich dachte über die Idee nach und fand sie, gegen meinen Willen, verlockend.

«Wo würden wir wohnen?»

«In London natürlich.»

«Ich möchte nicht in London wohnen.»

«Du bist verrückt. London ist der einzige Ort, wo man leben kann. Dort ist immer was los.»

«Mir gefällt es auf dem Land.»

«Wir fahren am Wochenende aufs Land – das tue ich ohnehin –, um es mit Freunden zu verbringen...»

«Und was zu tun?»

«Die Zeit zu vertreiben. Segeln vielleicht. Zu Rennen gehen.»

Ich spitzte die Ohren. «Rennen?»

«Warst du noch nie bei einem Rennen? Das ist die aufregendste Sache der Welt.» Er setzte sich hin, lehnte sich zurück auf die Ellenbogen, so daß seine Augen mit meinen auf gleicher Höhe waren. «Kann ich dich überreden?»

«Da gibt es noch eine klitzekleine Überlegung, die du nicht erwähnt hast.»

«Und was ist das?»

«Liebe.»

«Liebe?» Er lächelte. «Aber Janey, natürlich lieben wir einander. Das haben wir doch immer getan.»

«Aber das ist etwas anderes.»

«Inwiefern ist das etwas anderes?»

«Ich kann es dir nicht erklären, wenn du es nicht schon weißt.»

«Versuch's.»

Ich saß da und schwieg verstört. Mir war klar, daß er in gewisser Weise recht hatte. Ich hatte ihn immer geliebt. Als Kind war er der wichtigste Mensch in meinem Leben gewesen. Aber ich war mir nicht völlig sicher, was den Mann betraf, zu dem er geworden war. Aus Angst, er könne mir all das vom Gesicht ablesen, sah ich nach unten und begann, an dem harten Gras zu zupfen. Ich zog ganze Büschel an den Wurzeln aus, ließ sie los, und der Wind wehte sie fort.

Schließlich sagte ich: «Weil wir uns beide verändert haben. Du bist ein anderer Mensch geworden. Und ich bin praktisch Amerikanerin...»

«Ach, Janey...»

«Nein, es ist wahr. Ich bin dort aufgewachsen, wurde dort erzogen – die Tatsache, daß ich einen britischen Paß habe, ändert daran nichts. Auch nicht an der Art, wie ich denke.»

«Du redest im Kreis herum. Das weißt du, oder?»

«Vielleicht tue ich das. Aber vergiß nicht, daß dieses ganze Gespräch sowieso hypothetisch ist. Wir diskutieren doch bloß über eine Annahme...»

Er holte tief Luft, als wolle er die Auseinandersetzung fortführen, schien dann aber seine Meinung zu ändern und lachte. «Wir könnten hier den ganzen Tag sitzen, was? Und die Sonne ermüden mit Reden.»

«Sollten wir nicht gehen?»

«Ja, wir haben noch einmal mindestens zehn Meilen vor uns. Aber wir sind schon weit gekommen, und zu deiner Information, diese Bemerkung ist durchaus zweideutig gemeint.» Er legte seine Hand um meinen Nacken, zog mein Gesicht zu sich heran und küßte meinen offenen, lächelnden Mund.

Ich hatte das halb erwartet, dennoch war ich nicht vorbereitet auf meine eigene panische Reaktion. Ich mußte mich regelrecht zwingen, in seinen Armen stillzuhalten und abzuwarten, bis er mich freigab. Als er sich schließlich zurückzog, blieb ich einen Augenblick, wo ich war, und begann dann langsam, das Butterbrotpapier und die roten Plastikbecher in den Rucksack zu packen. Ganz plötzlich war unsere Einsamkeit beängstigend geworden. Ich sah uns beide winzig wie Ameisen, die einzigen lebenden Kreaturen in dieser ungeheuren und verlassenen Landschaft, und fragte mich, ob Sinclair mich heute hierhergebracht hatte mit der Absicht, diesen außerordentlichen Vorschlag zu erörtern, oder ob die Idee zu heiraten, bloß eine Laune war, die vom Wind herbeigeweht war.

«Sinclair, wir müssen gehen. Wir müssen wirklich gehen.»

Sein Blick war nachdenklich, doch er lächelte nur, stand auf, nahm mir den Rucksack ab und ging voran, den Weg hinauf zu dem in der Ferne liegenden Paß.

Wir kamen an, als es dunkel wurde. Die letzten paar Meilen hatte ich blind einfach einen Fuß vor den anderen gesetzt. Ich hatte nicht gewagt anzuhalten, denn wenn ich stehengeblieben wäre, hätte ich nicht weitergehen können. Als wir endlich um die letzte Kurve bogen und durch die Bäume die Brücke und das Tor sahen, und Gibson mit dem Landrover, der auf der Straße wartete, konnte ich kaum glauben, daß wir es tatsächlich geschafft hatten. Ich lief die letzten paar Schritte, kletterte über das Tor und fiel ins Auto. Mir tat jeder Muskel weh, und als ich versuchte, mir eine Zigarette anzuzünden, merkte ich, daß meine Hände zitterten.

Wir fuhren durch die blaue Dämmerung nach Hause. Im Osten hing eine feine Mondsichel niedrig am Himmel, blaß und zart wie eine Augenwimper. Die Scheinwerfer drangen durch das Dunkel der Straße vor uns, ein Kaninchen hoppelte in Sicherheit, die Augen eines streunenden Hundes glitzerten wie Zwillingsperlen und huschten vorbei. Über mich hinweg unterhielten sich die beiden Männer, aber ich sackte in mich zusammen, niedergedrückt von einer Erschöpfung, die nicht ausschließlich körperliche Ursachen hatte.

In dieser Nacht wurde ich vom Klingeln des Telefons geweckt. Das Schrillen schnitt durch meine Träume und riß mich wie einen Fisch am Haken aus dem Schlaf. Ich hatte keine Ahnung, wie spät es war, aber als ich den Kopf hob, sah ich, daß der Mond hoch über dem Loch hing, sein Spiegelbild betupfte das schwarze Wasser mit kleinen silbernen Pinselstrichen.

Es klingelte immer weiter. Benommen stolperte ich aus dem Bett, durch mein Zimmer und auf den dunklen Treppenabsatz. Das Telefon war unten, in der Bibliothek, aber es gab auch oben einen Anschluß, in dem Korridor, der zu den alten Kinderzimmern führte, und dorthin wendete ich mich in meinem halbwachen Zustand.

Irgendwann mußte inzwischen das Klingeln aufgehört haben, aber ich war zu schläfrig, um das zu registrieren. Als ich das Telefon erreichte und den Hörer aufnahm, sprach bereits jemand. Es war eine weibliche Stimme, mir unbekannt, aber sie hatte eine angenehme Tonlage und klang sehr anziehend. «Natürlich bin ich sicher. Ich war heute nachmittag beim Arzt, und er sagt, es gäbe überhaupt keinen Zweifel. Sieh mal, ich finde, wir sollten über all das sprechen... ich möchte dich ohnehin gern sehen, aber ich kann nicht weg...»

Benommen lauschte ich. Ich vermutete, daß es eine falsche Verbindung war. Das Mädchen bei der Vermittlung in Caple Bridge mußte einen Fehler gemacht haben, vielleicht war sie auch eingeschlafen oder so etwas. Dieser Anruf war nicht für uns. Ich wollte schon sprechen, als die Stimme eines Mannes die Frau unterbrach. Plötzlich war ich bei klarem Bewußtsein.

«Ist das wirklich so dringend, Tessa? Kann es nicht warten?»

Sinclair. Am anderen Apparat.

«Natürlich ist es dringend... Wir haben keine Zeit zu verlieren...» Und dann, weniger ruhig, fast ängstlich: «Sinclair, ich bekomme ein Kind...»

Vorsichtig legte ich den Hörer zurück. Das Gerät machte ein leises Klick, und die Stimmen waren ausgelöscht. Zitternd stand ich in der Dunkelheit, drehte mich dann um, ging zurück zum Treppenabsatz und beugte mich über das Geländer, um zu horchen. Unter mir gähnten schwarz die Treppen und die Halle. Durch die geschlossene Tür der Bibliothek aber drang unmißverständlich das Gemurmel von Sinclairs Stimme.

Meine Füße waren eiskalt. Frierend ging ich zurück in mein Zimmer, schloß leise die Tür und legte mich zurück ins Bett. Jetzt hörte ich, wie das Telefon ein einziges Mal klingelte, und wußte, daß das Gespräch beendet war. Kurz darauf kam Sinclair leise die Treppe hoch. Er ging in sein Zimmer, und ich hörte gedämpfte Geräusche, als er umherging, Schubladen öffnete und schloß. Dann kam er wieder heraus und ging hinunter. Die Vordertür öffnete und schloß sich wieder, und Augenblicke später hörte ich, wie mit dem Grollen eines Tigers der Lotus anfuhr, den Weg hinunterbrummte auf die Hauptstraße – dann war er fort.

Ich merkte, daß ich zitterte, so heftig, wie ich zuletzt in meiner Kindheit gezittert hatte, wenn ich aus einem Alptraum aufwachte und überzeugt war, in meinem Schrank würden sich Gespenster verstecken.

8

Als ich am nächsten Morgen hinunterkam, saß meine Großmutter bereits am Frühstückstisch. Ich beugte mich zu ihr, um ihr einen Kuß zu geben.

«Sinclair ist nach London gefahren», sagte sie.

«Woher weißt du das?»

«Er hat in der Diele einen Brief hinterlassen...» Sie fischte ihn aus der übrigen Post und reichte ihn mir. Er hatte dickes Schreibpapier benutzt, auf dessem Kopf *Elvie* geprägt war, seine Handschrift war fest und kräftig.

> Tut mir furchtbar leid, muß ein oder zwei Tage südwärts. Bin vermutlich Montag abend oder Dienstag morgen wieder zu Hause. Paßt gut auf Euch auf, wenn ich weg bin, und geratet nicht in Schwierigkeiten. Alles Liebe, Sinclair.

Das war alles. Ich legte den Brief hin, und meine Großmutter sagte: «Gestern nacht gegen halb eins hat das Telefon geklingelt. Hast du es gehört?»

Ich ging, um mir Kaffee einzuschenken, dankbar, daß ich einen Grund hatte, ihr nicht in die Augen sehen zu müssen.

«Ja, ich habe es gehört.»

«Ich wollte schon drangehen, aber ich war ziemlich sicher, daß es für Sinclair war, deshalb ließ ich es klingeln.»

«Ja...» Ich trug die volle Tasse zum Tisch zurück. «Macht er... macht er das öfter?»

«Hin und wieder.» Sie sortierte einige Rechnungen aus. Mir wurde klar, daß ihr offenbar ebenso daran lag, sich zu beschäftigen, wie mir. «Er führt ein so erfülltes Leben. Und dieser Job scheint ungeheuer viel Zeit zu beanspruchen... Es ist nicht wie in einem Büro, wo es feste Arbeitszeiten gibt, von neun bis fünf.»

«Nein, das ist es wohl nicht.» Der Kaffee war heiß und stark und half, den Knoten in meinem Hals zu lösen. «Vielleicht ist eine Freundin der Grund.»

Meine Großmutter warf mir einen scharfen blauen Blick zu. «Ja, vielleicht.»

Ich stützte die Ellenbogen auf den Tisch und versuchte, leichthin zu klingen. «Ich nehme an, er hat etwa hundert Freundinnen. Er ist immer noch der bestaussehende Mann, den ich je gesehen habe. Bringt er seine Freundinnen mit nach Hause? Bist du mal einer begegnet...?»

«Oh, manchmal, wenn ich in London war... er bringt sie zum Abendessen mit, oder wir gehen ins Theater.»

«Hattest du geglaubt, er würde eine von ihnen heiraten?»

«Man weiß ja nie, nicht wahr?» Ihre Stimme klang kühl, beinahe desinteressiert. «Sein Leben in London ist so verschieden von dem, das er hier führt. Elvie ist, wenigstens für Sinclair, eine Art Erholungskur... er trödelt einfach herum. Ich glaube, er ist ganz froh, von den durchfeierten Nächten und Spesenessen fortzukommen.»

«Es gab also niemand Besonderes? Kein Mädchen, das dir besonders gefiel?»

Meine Großmutter legte ihre Briefe hin. «Doch, es gab ein Mädchen.» Sie nahm ihre Brille ab und sah aus dem Fenster, über den Garten, wo das Loch im Sonnenlicht eines weiteren vollkommenen Herbsttages blau funkelte. «Er hat sie in der Schweiz kennengelernt, beim Skilaufen. Ich glaube, sie haben sich oft gesehen, als sie nach London zurückkam.»

«Beim Skilaufen?» fragte ich. «Hast du mir nicht ein Foto geschickt?»

«Stimmt, das habe ich, es war Silvester in Zermatt. Dort sind sie sich begegnet. Ich glaube, sie hat an irgendwelchen Wettrennen oder so teilgenommen, weißt du, bei einem dieser internationalen Wettkämpfe, die da veranstaltet werden...»

«Dann muß sie sehr gut sein.»

«O ja, das ist sie. Sie ist recht berühmt...»

«Bist du ihr je begegnet?»

«Ja, Sinclair brachte sie zum Mittagessen mit ins *Connaught*, als ich in der Stadt war. Sie ist ein reizendes Mädchen.»

Ich nahm eine Scheibe Toast und begann, sie mit Butter zu bestreichen. «Wie heißt sie?»

«Tessa Faraday... du hast vielleicht von ihr gehört.»

Ich hatte von ihr gehört, aber nicht so, wie meine Großmutter glaubte. Ich sah den Toast an, den ich bestrich, und hatte plötzlich das Gefühl, mir würde übel, wenn ich ihn äße.

Nach dem Frühstück ging ich wieder nach oben, nahm meinen Klapprahmen mit den Familienbildern hervor und zog das Foto von Sinclair heraus, das meine Großmutter mir geschickt hatte und das ich in meiner Collage so angeordnet hatte, daß nur Sinclair zu sehen, seine Begleiterin jedoch verdeckt war.

Jetzt aber war ich ausschließlich an ihr interessiert. Ich sah ein kleines, schmales Mädchen mit dunklen Augen, sie lachte, ihr Haar hatte sie mit einer Schleife aus dem Gesicht gebunden, und sie trug dicke goldene Ringe in den Ohren. Sie hatte einen Hosenanzug aus Samt an, dessen Säume mit Stickerei eingefaßt waren, und Sinclair hielt sie im Arm. Beide waren eingewickelt und verstrickt in endlos lange festliche Luftschlangen. Sie sahen heiter und lebenslustig aus, sehr glücklich, und als ich mich an ihre bedrückte Stimme letzte Nacht am Telefon erinnerte, hatte ich plötzlich Angst um sie.

Die Tatsache, daß Sinclair so prompt nach Süden gefahren

war – vermutlich um sie zu sehen –, hätte mich beruhigen sollen, aber irgendwie war ich nicht beruhigt. Er war zu überstürzt abgefahren, zu geschäftsmäßig, ohne irgendwelche persönlichen Rücksichten zu nehmen, weder auf meine Großmutter noch gar auf mich. Widerstrebend erinnerte ich mich an seine Bemerkungen über Gibson, als er mit meiner Großmutter darüber diskutierte, ob der alte Wildhüter in den Ruhestand geschickt werden sollte. Mir wurde klar, daß ich unbewußt Entschuldigungen für Sinclair gefunden hatte.

Nun aber war es etwas anderes, und ich war gezwungen, mir gegenüber ehrlich zu sein. Das Wort «skrupellos» kam mir in den Sinn. Wenn es um gewöhnliche Leute ging, konnte er vollkommen rücksichtslos sein. Ich machte mir Sorgen um dieses unbekannte Mädchen und hoffte nur, daß er auch mitfühlend sein konnte.

Aus der Halle rief meine Großmutter nach mir. «Jane!»

Ich schob die Bilder hastig in den Rahmen, stellte ihn wieder auf die Frisierkommode und ging zurück in den Flur.

«Ja?»

«Was hast du heute vor?»

Ich ging zum Treppenabsatz hinunter, setzte mich auf die Stufen und sprach von da aus mit ihr. «Ich gehe einkaufen. Ich muß mir ein paar Pullover besorgen, sonst sterbe ich vor Kälte.»

«Wohin willst du gehen?»

«Nach Caple Bridge.»

«Liebes, in Caple Bridge gibt es nichts zu kaufen.»

«Einen Pullover wird's doch bestimmt geben.»

«Ich muß nach Inverness wegen einer Sitzung des Krankenhausausschusses. Warum fährst du nicht mit?»

«Weil David Stewart Geld für mich hat. Er hat die Dollars umgetauscht, die Vater mir mitgab. Und er sagte, er würde mich zum Essen einladen.»

«Wie nett! Aber wie kommst du nach Caple Bridge?»

«Ich nehme den Bus. Mrs. Lumley sagt, er fährt jede Stunde am Ende der Straße ab.»

«Nun, wenn du so sicher bist...» Es klang zweifelnd. Sie stand da, eine Hand auf dem Geländerpfosten, nahm die Brille ab und betrachtete mich nachdenklich unter ihren feingeschwungenen Brauen hervor. «Du siehst müde aus, Jane. Es war gestern wirklich zuviel für dich, nach der ganzen Reise.»

«Nein, gar nicht. Es hat mir viel Spaß gemacht.»

«Ich hätte Sinclair drängen sollen, einen oder zwei Tage zu warten...»

«Aber dann hätten wir vielleicht das schöne Wetter verpaßt.»

«Ja. Vielleicht. Aber mir ist aufgefallen, daß du nichts zum Frühstück gegessen hast.»

«Das tue ich nie. Ehrlich.»

«Nun, du mußt darauf achten, daß David dir etwas Anständiges zu essen gibt.» Sie drehte sich um, dachte an etwas anderes und wandte sich wieder mir zu. «Oh, und Jane – wenn du einkaufen gehst, warum läßt du dir nicht von mir einen neuen Regenmantel schenken? Du brauchst wirklich etwas Warmes zum Anziehen.»

Trotz allem mußte ich grinsen. Ich liebte es, wenn sie so zu voller Form auflief. Boshaft fragte ich: «Stimmt irgend etwas nicht mit dem, den ich habe?»

«Wenn du es unbedingt wissen willst, du siehst darin aus wie ein Landstreicher.»

«In den ganzen zehn Jahren, in denen ich ihn trage, hat das noch nie jemand zu mir gesagt.»

Sie seufzte. «Du wirst deiner Familie von Tag zu Tag ähnlicher», sagte sie, ging zu ihrem Schreibtisch und schrieb einen Scheck aus, mit dem ich einen pelzgefütterten, bodenlangen Regenmantel mit Zobelkapuze hätte kaufen können, wenn mir zufällig der Sinn danach gestanden hätte.

In strahlendem Sonnenschein wartete ich am Ende der Straße auf den Bus, der mich nach Caple Bridge fahren sollte. Ich konnte mich nicht an einen Tag erinnern, der so hell und frisch und voller Farbe gewesen wäre. Es hatte in der Nacht ein wenig geregnet, so daß alles frisch gewaschen glänzte, und auf den feuchten Straßen spiegelte sich das Blau des Himmels. Die Hecken waren voller scharlachroter Hagebutten, das Farngestrüpp leuchtete golden, und das Laub hatte von tief Karminrot bis Buttergelb alle Farben angenommen. Die Luft, die von Norden herwehte, war klar und süß wie eisgekühlter Wein, sie hatte einen Biß, der darauf schließen ließ, daß weiter oben im Norden bereits der erste Schnee des Winters gefallen war.

Der Bus bog um die Kurve, hielt für mich an, und ich stieg ein. Er war vollgepackt mit Bauern, die nach Caple Bridge fuhren, um ihre wöchentlichen Einkäufe zu erledigen. Ein einziger Sitzplatz war noch frei, neben einer dicken Frau, die einen Korb auf den Knien trug. Sie hatte einen blauen Filzhut auf und war so korpulent, daß ich nur zur Hälfte auf dem Sitz Platz fand und jedesmal, wenn der Bus um eine Ecke bog, Gefahr lief, ganz herunterzufallen.

Bis Caple Bridge waren es fünf Meilen, und ich kannte die Straße ebensogut wie Elvie. Ich war sie entlanggelaufen, mit meinem Fahrrad dort gefahren, hatte die Wegzeichen vom Autofenster aus vorbeifliegen sehen. Ich kannte die Namen der Leute, die in den Cottages am Weg wohnten... Mrs. Dargie, Mrs. Thomson und Mrs. Willie McCrae. Und da war das Haus mit dem bösartigen Hund, und dort das Feld, wo eine Herde weißer Ziegen graste.

Wir kamen zum Fluß, fuhren etwa eine halbe Meile neben ihm her, dann machte die Straße eine tiefe S-Kurve, und eine enge, bucklige Brücke führte über das Wasser. Soweit hatte sich in all den Jahren, in denen ich fortgewesen war, offenbar nichts verändert, aber als der Bus vorsichtig über die Brücke rollte, sah ich vor uns die Warnleuchten einer Baustelle. Offenbar waren Straßenbauarbeiten im Gange, um eine gefährliche Kurve zu beseitigen.

Überall standen Schilder und Warnungen. Bulldozer hatten Hecken niedergewalzt und in ihrem Gefolge große Narben roher Erde hinterlassen. Mit Pickeln und Schaufeln arbeiteten die Bauarbeiter, riesige Erdbewegungsmaschinen brummten wie prähistorische Ungeheuer, und über allem hing der saubere, köstliche Geruch von heißem Teer.

Die Ampel stand auf Rot. Der Bus wartete mit laufendem Motor, dann sprang die Ampel auf Grün, der Bus rollte auf der engen Spur zwischen den Warnlampen weiter und bog schließlich wieder auf die Straße ein. Die Frau neben mir begann unruhig zu werden und versuchte, an die Gepäckablage heranzukommen.

«Brauchen Sie etwas?» fragte ich sie.

«Habe ich meinen Schirm da oben hingelegt?»

Ich stand auf, suchte den Schirm und überreichte ihn ihr, außerdem eine große Schachtel mit Eiern und ein Bündel struppiger Astern, recht lieblos in Zeitungspapier eingewikkelt. Bis ich all das zusammengesammelt und abgeliefert hatte, waren wir am Ziel. Der Bus bog um das Rathaus, rollte auf den Marktplatz und hielt an der Endstation.

Weil ich keine Körbe oder Pakete hatte, war ich eine der ersten, die ausstiegen. Meine Großmutter hatte mir gesagt, wo das Anwaltsbüro lag, und von der Stelle, wo ich stand, konnte ich das viereckige Steingebäude sehen, das sie mir beschrieben hatte, genau gegenüber auf der anderen Seite des kopfsteingepflasterten Marktplatzes.

Ich wartete, um den Verkehr vorbeifahren zu lassen, ging

dann hinüber und las auf dem Schild in der Eingangshalle, Mr. D. Stewart sei in Raum Nr. 3 zu finden und «anwesend». Ich stieg das dunkle Treppenhaus hoch, das in wechselnden Schattierungen von Schlammbraun und Modergrün gestrichen war, ging unter einem farbigen Fenster hindurch, das keinen Lichtstrahl durchließ, und klopfte schließlich an die Tür.

«Herein», rief es von der anderen Seite.

Ich trat ein und stellte mit Begeisterung fest, daß wenigstens sein Büro voll Licht war, hell und freundlich, und einen Teppich hatte. Das Fenster ging auf den geschäftigen Marktplatz hinaus, ein Krug mit Herbstastern stand auf dem marmornen Kaminsims, und irgendwie war es ihm gelungen, eine Atmosphäre heiterer Geschäftigkeit zu erzeugen. Er trug, vermutlich weil Samstag war, ein sportlich wirkendes kariertes Hemd und ein Tweedjackett, und als er aufsah und mich zur Begrüßung anlächelte, schien mir das Gewicht, das mir den ganzen Morgen über in der Magengrube gelegen hatte, plötzlich gar nicht mehr so schwer.

Er stand auf. «Was für ein wunderschöner Morgen», sagte ich geistreich.

«Nicht wahr? Zu schön, um zu arbeiten.»

«Arbeiten Sie samstags immer?»

«Manchmal... hängt davon ab, wieviel zu tun ist. Man schafft eine Menge, wenn man nicht in einem fort angerufen wird.» Er zog eine Schublade in seinem Schreibtisch auf. «Ich habe das Geld für Sie zum gegenwärtigen Umtauschkurs gewechselt. Irgendwo liegt die Umrechnungstabelle.»

«Bemühen Sie sich deshalb nicht.»

«Sie sollten sich darum kümmern, Jane. Ihr schottisches Blut muß Ihnen doch sagen, daß Sie höllisch aufpassen müssen, auch nicht um einen einzigen Penny übers Ohr gehauen zu werden.»

«Na, und wenn schon, dann können Sie es als persönliche Provision betrachten.» Ich hielt die Hand auf, und er überreichte mir ein Bündel Banknoten und ein paar Münzen. «Nun sind Sie wirklich in der Lage, sich unter die großen Verschwender zu begeben, obwohl es mein Begriffsvermögen übersteigt, was Sie in Caple Bridge finden wollen.»

Ich stopfte das Geld in die Tasche meines Landstreichermantels.

«Das meinte meine Großmutter auch. Sie wollte mich nach Inverness mitnehmen, aber ich sagte, ich sei zum Essen mit Ihnen verabredet.»

«Essen Sie gern Steaks?»

«Ich habe kein Steak mehr gegessen, seit Vater mich an meinem Geburtstag zum Essen einlud. In Reef Point haben wir von Tiefkühlpizzas gelebt.»

«Wie lange werden Sie brauchen?»

«Eine halbe Stunde...»

Er sah erstaunt aus. «Ist das alles?»

«Ich hasse Einkaufen, vor allem zu den Hauptgeschäftszeiten. Nichts paßt, und wenn was paßt, dann mag ich es nicht. Ich werde mit einem Haufen Kleider wiederkommen, von denen keins die richtige Größe hat, und vermutlich mit der schlechtesten Laune.»

«Dann werde ich sagen, daß die Kleider bezaubernd sind, und Ihnen so lange schmeicheln, bis Sie wieder gute Laune haben.» Er sah auf seine Uhr. «Eine halbe Stunde... sagen wir, um zwölf? Hier?»

«Ja, prima.»

Ich ging wieder hinaus, die Tasche voller Geld, und schaute mich um, wo ich es ausgeben konnte. Da waren Metzgereien, Lebensmittelgeschäfte und Läden für Wildspezialitäten, ein Waffenschmied und eine Autowerkstatt. Schließlich machte ich zwischen der unvermeidlichen italienischen Eisdiele, die in keiner schottischen Stadt fehlen darf, und dem Postamt «Isabel McKenzie Moden» ausfindig. Oder vielmehr: «Isabel MODEN McKenzie». Ich trat durch eine Glastür ein, die bescheiden mit Tüllgardinen dekoriert war, und fand mich in einem kleinen Raum wieder, ringsum von Regalen gesäumt, deren Inhalt nur wenig Hoffnung erweckte. Es gab eine Glastheke, in der lachs- und beigefarbene Unterwäsche zur Schau gestellt war, und hier und da lagen ein paar traurige hanffarbene Pullover herum, geschmackvoll arrangiert.

Mein Mut sank, aber bevor ich entkommen konnte, öffnete sich ein Vorhang hinten im Laden, und eine kleine, graumäusige Frau in einem Jerseykostüm, das ihr zwei Nummern zu groß war, und einer riesigen Cairngorm-Brosche kam auf mich zu.

«Guten Morgen.» Ich nahm an, daß sie in Edinburgh das Licht der Welt erblickt hatte, und fragte mich, ob sie Isabel Moden McKenzie in Person war, und wenn, was sie nach Caple Bridge verschlagen hatte. Vielleicht hatte man ihr gesagt, das Oberbekleidungsgeschäft floriere hier besonders lebhaft.

«Oh... guten Morgen. Ich möchte einen Pullover.»

«Sehr gern. Wünschen Sie Wolle oder Bouclé?»

Ich teilte ihr mit, ich wünsche einen Wollpullover.

«Und welche Größe darf es sein?»

Ich sagte, vermutlich irgendeine mittlere Größe.

Sie fing an, Schubladen aufzuziehen, und bald kämpfte ich mich durch Pullover in Altrosa, Moosgrün und dem Braun toter Blätter.

«Äh – haben Sie keine anderen Farben?»

«Was für eine Farbe hatten Sie im Sinn?»

«Nun – Dunkelblau?»

«Oh, es wird sehr wenig Dunkelblau getragen in diesem

Jahr.» Ich fragte mich, wo sie ihre Information her hatte. Vielleicht verfügte sie über einen heißen Draht nach Paris.

«Dies hier ist ein bezaubernder Farbton...»

Es war Petrolblau, eine Farbe, von der ich überzeugt war, daß sie zu nichts und niemandem paßte.

«Ich möchte wirklich etwas Schlichteres – wissen Sie, warm und dick... vielleicht einen Rollkragenpullover?»

«O nein, wir haben keine Rollkragenpullover. Es werden sehr wenige Rollkragenpullover...»

Ich unterbrach sie, was unhöflich war, doch ich verzweifelte langsam.

«Macht nichts, ich lasse das mit dem Pullover. Vielleicht haben Sie ein paar Röcke?»

Es fing alles von vorne an. «Möchten Sie einen Schotten- oder Tweedrock?»

«Tweed, glaube ich.»

«Und welche Taillenweite haben Sie?»

Allmählich war ich am Ende meiner Geduld, aber ich verriet ihr auch noch meine Taillenweite. Wieder suchte sie lange herum, diesmal durchforstete sie einen wenig hoffnungsvoll aussehenden Kleiderständer. Sie brachte zwei Röcke zum Vorschein und legte sie mit großer Geste vor mich hin. Einer war unaussprechlich. Der andere nicht ganz so häßlich, in braun-weißem Fischgrät. Schwach erklärte ich mich bereit, ihn anzuprobieren, wurde in einen Raum gequetscht, der so klein war wie ein Schrank, von einem weiteren Vorhang eingeschlossen und meinem Schicksal überlassen. Unter einigen Schwierigkeiten kämpfte ich mich aus den Kleidern, die ich trug, und zog den Rock an. Der Tweed kratzte und zerrte an meinen Strümpfen, als sei er aus Disteln gewebt. Ich befestigte die Haken in der Taille und den Reißverschluß und betrachtete mich in dem hohen Spiegel. Der Effekt war überraschend. Der Tweed zickzackte um mich wie ein Op-art-

Kunstwerk, meine Hüften wirkten elefantenartig, und das Taillenband grub sich in mein mageres Fleisch wie ein Drahtschneider.

Isabel Moden McKenzie hustete diskret und zog den Vorhang zurück wie ein Zauberkünstler.

«Oh, Sie sehen bezaubernd darin aus», sagte sie. «Tweed steht Ihnen.»

«Finden Sie nicht, daß er... nun, ein kleines bißchen lang ist?»

«Die Röcke sind länger in dieser Saison, wissen Sie...»

«Ja, aber dieser bedeckt fast meine Knie...»

«Nun, wenn Sie wünschen, könnte ich ihn ein winziges Stückchen hochnehmen. Er sieht sehr gut aus. Es gibt nichts, was besser aussieht als ein hübscher Tweed.»

Fast hätte ich ihn gekauft, nur um davonzukommen, aber ich warf einen weiteren Blick in den Spiegel und war fest entschlossen.

«Nein. Nein, ich fürchte, es geht wirklich nicht. Es ist so gar nicht das, was ich wollte.» Ich zog den Reißverschluß auf und zog ihn aus, bevor sie mich dazu überreden konnte, das schreckliche Ding zu kaufen. Traurig nahm sie ihn wieder in Empfang, ihre Augen diskret von meiner Unterwäsche abwendend.

«Vielleicht möchten Sie ja einen Schottenrock anprobieren, diese alten Farben sind so vorteilhaft...»

«Nein...» Ich zog mein ausgewaschenes, amerikanisches, bügelfreies, nicht-warmes Hemd über, und es fühlte sich an wie ein alter Freund. «Nein, ich glaube, ich lasse es... Es war nur so eine Idee... Haben Sie vielen Dank.»

Ich zog meinen Regenmantel an, nahm meine Tasche, und wir schlängelten uns gemeinsam zur Tür. Sie erreichte sie zuerst und öffnete sie für mich, widerstrebend, als ließe sie ein preisgekröntes Tier aus der Falle.

«Vielleicht, wenn Sie ein andermal vorbeikommen...»

«Ja, vielleicht...»

«Ich werde nächste Woche meine nächste Lieferung bekommen.»

Frisch von Dior, zweifellos. «Vielen Dank... es tut mir leid... guten Morgen.»

Ich war entkommen. Wieder an der gesegneten frischen Luft, drehte ich mich um und ging fort, so schnell ich konnte. Ich kam beim Waffenschmied vorbei, machte dann auf eine plötzliche Eingebung hin kehrt, ging zurück, betrat den Laden und erstand in exakt zwei Minuten einen großen dunkelblauen Pullover, der ursprünglich für einen jungen Mann gedacht war. Unsäglich erleichtert, daß mein Vormittag nicht ein vollständiger Reinfall gewesen war, kehrte ich mit dem solide eingewickelten Päckchen in der Hand zu David zurück.

Während er Papiere stapelte und Aktenschränke zuschloß, saß ich auf seinem Schreibtisch und erzählte ihm von meiner katastrophalen Einkaufsexpedition. Gewürzt von seinen Kommentaren (er konnte den Edinburgher Akzent perfekt nachmachen), wurde die Geschichte beim Erzählen immer abenteuerlicher, und am Ende lachte ich so sehr, daß mir die Rippen weh taten. Schließlich rafften wir uns auf. David stopfte einen Stoß Papiere in seine überquellende Aktentasche, sah sich noch einmal um und schloß dann die Tür zu seinem Büro. Wir gingen die schmutzfarbenen Treppen hinunter und traten auf die überfüllte, sonnenbeschienene Straße.

Er wohnte nur etwa hundert Yards vom Zentrum der kleinen Stadt entfernt, wir gingen also diese kurze Entfernung zu Fuß. David schlenkerte die alte Aktentasche und stieß sie gegen seine langen Beine, hin und wieder wurden wir durch einen abgestellten Kinderwagen oder ein paar schwatzende Frauen getrennt. Schließlich kamen wir zu seinem Haus. Es stand in einer Reihe identischer kleiner, zweigeschossiger Steinhäuser, jedes auf seinem eigenen kleinen Grundstück. Vorn hatte es einen bescheidenen Vorgarten mit einem Kiesweg, der vom Gartentor zur Eingangstür führte. Davids Haus unterschied sich von denen seiner Nachbarn nur insofern, als er in den Zwischenraum zwischen seinem Haus und dem nächsten eine Garage angebaut hatte, mit einer Zufahrt zur Straße. Und er hatte seine Eingangstür in einem hellen, sonnigen Gelb gestrichen.

Er öffnete das Tor, ich folgte ihm den Weg hinunter und wartete, bis er die Tür aufschloß. Er trat beiseite und ließ mich vor ihm eintreten. Ich stand in einer engen Diele, aus der eine Treppe nach oben führte, rechts und links waren Türen, durch die offene Tür hinten konnte ich die Küche sehen. Eigentlich war es nichts Besonderes, und doch wirkte es wohnlich und schön, mit den Teppichböden, den Tapeten mit Blättermuster und präzis in Gruppen angeordneten Jagdszenen.

Er nahm mir mein Päckchen und meinen Regenmantel ab, legte sie zusammen mit seiner Aktentasche auf den Stuhl in der Diele und führte mich dann in ein langgestrecktes Wohnzimmer, das auf beiden Seiten Fenster hatte. Und erst jetzt konnte ich die einzigartige Lage des schlichten kleinen Hauses würdigen, denn die Fenster nach Süden vergrößerten sich zu einem tiefen Erker, und dieser ging hinaus auf einen langen schmalen Garten, der sanft zum Fluß hin abfiel.

Der Raum selber war verheißungsvoll. Regale voller Bücher, ein Stapel mit Platten, Zeitschriften auf dem niedrigen Tisch vor dem Kamin. Es gab weichgepolsterte Sessel und ein kleines Sofa, eine altmodische Vitrine voller Meißener Porzellan und über dem Kamin – ich ging näher heran, um besser sehen zu können…

«Ein Ben Nicholson?» Er nickte. «Aber doch kein Original.»

«Doch, es ist ein Original. Meine Mutter hat ihn mir zum einundzwanzigsten Geburtstag geschenkt.»

«Das Haus erinnert mich an die Wohnung Ihrer Mutter in London. Es hat die gleiche Atmosphäre...»

«Vielleicht weil die Einrichtung mehr oder weniger aus demselben Haus stammt. Und natürlich hat sie mir geholfen, die Vorhänge und Tapeten und so weiter auszusuchen.»

Insgeheim froh, daß es seine Mutter war und nicht jemand anders, ging ich zum Fenster hinüber. «Wer hätte gedacht, daß Sie einen solchen Garten haben?» Da war eine kleine Terrasse mit einem hölzernen Tisch und Stühlen, daran schloß ein Rasen an, der jetzt mit herabgefallenen Blättern bedeckt war, und Blumenbeete, die immer noch mit späten Rosen und Büscheln violetter Herbstastern gefüllt waren. Ich sah ein Vogelbad und einen alten, windschiefen Apfelbaum. «Gärtnern Sie selbst?»

«Man kann das wohl kaum Gärtnern nennen... wie Sie sehen, ist der Garten nicht sehr groß.»

«Aber mit dem Fluß und allem...»

«Das gab für mich den Ausschlag, als ich das Haus kaufte. Ich erzähle all meinen Freunden, daß ich Fischgründe am Caple habe, und sie sind ungeheuer beeindruckt. Allerdings sage ich ihnen nicht, daß es nur zehn Yards sind.»

Auf dem Bücherschrank waren unzählige Fotografien und Schnappschüsse aufgestellt, zu denen ich mich unwiderstehlich hingezogen fühlte. «Ist das Ihre Mutter? Und Ihr Vater? Und Sie?» Etwa zwölf Jahre alt, mit einem gewinnenden Grinsen. «Sind Sie das?»

«Ja.»

«Sie trugen damals keine Brille.»

«Die bekam ich erst mit sechzehn.»

«Was war passiert?»

«Ich hatte einen Unfall. Wir hatten in der Schule eine

Schnitzeljagd, ein Junge, der vor mir ging, ließ den Zweig eines Baums zurückschnappen, und der traf mein Auge. Es war nicht seine Schuld, es hätte jedem passieren können. Aber ich verlor auf einem Auge teilweise die Sicht, und seither muß ich eine Brille tragen.»

«Was für ein Pech!»

«Nicht so schlimm. Ich kann fast alles tun, was ich will – außer Tennis spielen.»

«Warum können Sie nicht Tennis spielen?»

«Ich weiß nicht genau. Aber wenn ich den Ball sehen kann, kann ich nicht schlagen, und wenn ich ihn schlagen kann, kann ich ihn nicht sehen. Das ist dem Spiel nicht gerade förderlich.»

Wir gingen durch die Küche, die so klein war wie die Kombüse einer Yacht und so blitzblank, daß ich mich schämte bei dem Gedanken an meine eigene Unordnung. Er sah in den Ofen, in dem er einige Kartoffeln hatte backen lassen, holte dann eine Bratpfanne heraus, nahm Butter und ein rosa eingewickeltes Paket aus dem Kühlschrank und packte es aus, wobei ein paar dicke Aberdeen Angus-Steaks zum Vorschein kamen.

«Wollen Sie sie braten oder soll ich?» fragte er.

«Braten Sie sie. Ich kann ja den Tisch decken.» Ich öffnete die Tür, die auf die Terrasse hinausführte. «Können wir nicht hier draußen essen? Es ist wie am Mittelmeer.»

«Wenn Sie möchten.»

«Es ist herrlich... Sollen wir diesen Tisch benutzen?»

Die nächste Viertelstunde stand ich ihm dauernd im Weg, fragte ihn, wo alles war, und es gelang mir schließlich, den Tisch zu decken. Inzwischen machte er einen Salat an, wikkelte ein knuspriges Baguette aus und holte in kleine Scheiben geschnittene, eiskalte Butter aus dem Kühlschrank. Als alles fertig war und die Steaks sanft in der Pfanne brutzelten, schenkte er zwei Gläser Sherry ein, und wir setzten uns hinaus in die Sonne.

Er zog sein Jackett aus, legte sich zurück, die langen Beine ausgestreckt, und drehte sein Gesicht der Wärme zu.

«Erzählen Sie mir von gestern», sagte er plötzlich.

«Gestern?»

«Sie sind über den Lairig Ghru gegangen –» er sah mich von der Seite an – «oder nicht?»

«Doch, sind wir.»

«Wie war es?»

Ich versuchte daran zu denken, wie es gewesen war, und stellte fest, daß ich mich an nichts erinnern konnte, außer an die merkwürdige Diskussion, die ich nach dem Mittagessen mit Sinclair gehabt hatte.

«Es war... sehr schön. Wunderbar, wirklich.»

«Das klingt aber nicht sehr begeistert.»

«Nun es war... wunderbar.» Mir fiel kein anderes Wort ein.

«Aber vielleicht sehr anstrengend.»

«Ja, ich war müde.»

«Wie lange haben Sie gebraucht?»

Wieder konnte ich mich kaum erinnern. «Nun, wir waren zurück, als es dunkel wurde. Gibson wartete auf uns am Loch Morlich...»

«Hmmm.» Er schien darüber nachzudenken. «Und was macht Vetter Sinclair heute?»

Ich beugte mich hinunter, hob einen Stein auf und begann ihn hochzuwerfen und auf der Rückseite meiner Hand aufzufangen, als würde ich Münzen werfen. «Er ist nach London gefahren.»

«Nach London? Ich dachte, er hat frei.»

«Ja, hat er auch.» Ich ließ den Stein fallen und hob einen anderen auf. «Aber er bekam gestern abend einen Telefonanruf. Wir wissen nicht, worum es ging. Als wir heute morgen zum Frühstück runterkamen, fanden wir eine Nachricht von ihm.»

«Ist er mit dem Auto gefahren?»

Ich erinnerte mich an das Tigerbrummen des Lotus in der Dunkelheit. «Ja, er hat das Auto genommen.» Ich ließ den zweiten Stein fallen. «Er wird in ein, zwei Tagen zurück sein. Montag abend, vielleicht, meinte er.» Ich wollte nicht über Sinclair reden. Ich fürchtete mich vor Davids Fragen und versuchte ungeschickt das Thema zu wechseln. «Fischen Sie wirklich unten in Ihrem Garten? Ich hätte gar nicht geglaubt, daß hier genug Platz ist, um eine Angel auszuwerfen. Die Leine verheddert sich bestimmt oft in Ihrem Apfelbaum...»

Und so ging das Gespräch aufs Angeln über, ich erzählte ihm vom Clearwater-Fluß in Idaho, wohin mein Vater mich einmal in den Ferien mitgenommen hatte.

«Er ist voller Lachse, man kann sie praktisch mit der bloßen Hand herausholen.»

«Sie mögen Amerika, nicht wahr?»

«Ja. Ja, es gefällt mir dort.»

Er schwieg. Träge im Sonnenschein, und ermutigt von seinem Schweigen fuhr ich fort: «Es ist merkwürdig, zwei Ländern anzugehören, es scheint so, als würde man in beide nicht richtig reinpassen. Als ich in Kalifornien war, wünschte ich mir immer, in Elvie zu sein. Aber jetzt, wo ich in Elvie bin...»

«...möchten Sie am liebsten in Kalifornien sein.»

«Nein, eigentlich nicht. Aber manches vermisse ich doch.»

«Zum Beispiel?»

«Nun, bestimmte Dinge. Meinen Vater natürlich. Und Rusty. Und das Geräusch des Pazifik, spät abends, wenn die Wellen über den Strand rollen.»

«Und was ist mit den nicht so bestimmten Dingen?»

«Das ist komplizierter.» Ich versuchte zu entscheiden, was

mir wirklich fehlte. «Eiswasser. Und die *Bell Telephone Company*. Und San Francisco. Und eine Zentralheizung. Und die Gartencenter, wo man Pflanzen und so weiter kaufen kann und alles nach Orangenblüten duftet.» Ich wandte mich David zu und stellte fest, daß er mich beobachtete. Unsere Augen trafen sich, er lächelte. «Aber das Leben hier hat auch Vorteile», beeilte ich mich zu versichern.

«Erzählen Sie mir davon.»

«Postämter. Man kann in einem Landpostamt einfach alles kaufen – sogar Briefmarken. Und das Wetter ist nie zwei Tage hintereinander gleich. Es ist so viel aufregender. Und der Fünfuhrtee, mit Scones und Keksen und durchgeweichten Honigkuchen...»

«Wollen Sie mich in Ihrer subtilen Weise daran erinnern, daß es Zeit ist, diese Steaks zu essen?»

«Nicht absichtlich.»

«Nun, wenn wir sie jetzt nicht essen, werden sie kaum noch genießbar sein. Kommen Sie.»

Das Essen war wunderbar. Er öffnete sogar eine Flasche Wein, trocken und rot, die perfekte Ergänzung zu Steaks und Baguette. Zum Abschluß gab es Käse und Cracker und eine Schale frischer Früchte, gekrönt von hellen Weintrauben. Ich stellte fest, daß ich völlig ausgehungert gewesen sein mußte, ich aß enorm viel, wischte meinen Teller mit einer dicken weißen Kruste sauber und schälte danach eine Orange, daß mir der Saft von den Fingerspitzen tropfte. Als er aufgegessen hatte, ging David hinein, um Kaffee zu machen.

«Sollen wir ihn draußen trinken?» fragte er durch die offene Tür.

«Ja, lassen Sie ihn uns am Fluß trinken.» Ich ging hinein zu ihm, um meine klebrigen Hände unter dem Wasserhahn abzuspülen.

«In einer Truhe in der Halle liegt eine Decke», sagte er.

«Nehmen Sie sie mit runter, und machen Sie es sich bequem, ich bringe den Kaffee.»

«Was ist mit dem schmutzigen Geschirr?»

«Lassen Sie es stehen. Der Tag ist zu schön, um ihn an einer heißen Spüle mit Sklavenarbeit zu verbringen.»

Es war eine Bemerkung, die mein Vater hätte machen können, und sie tat mir sehr wohl. Ich fand die Decke und nahm sie mit nach draußen, ging den abschüssigen Rasen hinunter und breitete sie auf dem sonnenbeschienenen Gras aus, nur ein paar Yards vom Wasser entfernt. Nach dem langen trokkenen Sommer war der Wasserstand des Caple sehr niedrig, ihr Kiesufer wirkte wie ein Miniaturstrand zwischen dem Gras und dem tiefbraunen Wasser.

Der Apfelbaum war mit Früchten beladen, um den Stamm herum lag Fallobst. Ich ging und schüttelte den Baum, und ein paar weitere Äpfel plumpsten mit sanften Geräuschen ins Gras. Unter dem Baum war es schattig und kühl und roch angenehm moderig, wie auf alten Dachböden. Ich lehnte mich gegen den Stamm und betrachtete durch das Spitzenwerk der Zweige den sonnenbeschienenen Fluß. Es war sehr friedlich.

Besänftigt vom guten Essen und angenehmer Gesellschaft, fühlte ich, wie meine Lebensgeister wieder erwachten. Ich beschloß, vernünftig mit meinen halbeingestandenen Ängsten umzugehen. Was half es, wenn ich sie in meinem Hinterkopf herumschwirren ließ, wo sie bohrten wie ein schlimmer Zahn und mir fortwährend Magenschmerzen verursachten?

Ich mußte, was Sinclair betraf, realistisch sein. Es gab keinen Grund anzunehmen, daß er die Verantwortung für das Kind, das Tessa Faraday erwartete, nicht übernehmen würde. Wenn er am Montag nach Elvie zurückkehrte, würde er uns vermutlich mitteilen, daß er heiraten wolle, und Großmutter würde entzückt sein (fand sie das Mädchen nicht reizend?).

Ich wäre ebenfalls entzückt und müßte nie ein Wort über den Telefonanruf sagen, den ich mitangehört hatte.

Und was Gibson betraf, er wurde nun einmal alt, das ließ sich nicht leugnen, und vielleicht war es wirklich für alle Beteiligten besser, wenn er sich zur Ruhe setzte. Und wenn er gehen würde, könnten Großmutter und Sinclair sicherlich irgendein kleines Cottage finden, vielleicht mit einem Garten, wo er Gemüse anbauen und ein paar Hühner halten konnte, dann wäre er glücklich und beschäftigt.

Und was mich selbst betraf... Das ließ sich nicht so einfach mit einem Schulterzucken abtun. Ich wünschte, ich hätte eine Ahnung, warum er gestern die Frage einer Heirat zwischen uns aufgebracht hatte. Vielleicht war es einfach eine amüsante Idee, um sich in der halben Stunde nach unserem Picknick die Zeit zu vertreiben. Ich war durchaus bereit, es so hinzunehmen. Sein Kuß jedoch war weder verwandtschaftlich gewesen noch leichtherzig... nur daran zu denken bereitete mir Unbehagen, und das war der Grund, weshalb ich so vollkommen verwirrt war. Vielleicht war das seine Absicht gewesen, vielleicht wollte er mich durcheinanderbringen. Er war immer ein Spötter gewesen. Vielleicht wollte er einfach meine Reaktion testen...»

«Jane.»

«Ja?» Ich drehte mich um und sah, daß David Stewart hinter dem durchbrochenen Schatten des Baums im Sonnenlicht stand und mich beobachtete. Hinter ihm sah ich neben der Decke das Kaffeetablett stehen und mir wurde bewußt, daß er meinen Namen schon vorher gerufen haben mußte, ich ihn aber nicht gehört hatte. Er zog den Kopf ein, um unter einem niedrigen Zweig durchzukommen, stellte sich vor mich und stützte sich mit einer Hand gegen den Baum.

«Stimmt irgend etwas nicht?»

«Warum fragen Sie das?»

«Sie sehen ein bißchen besorgt aus. Außerdem sind Sie sehr blaß.»

«Ich bin immer blaß.»

«Und immer besorgt?»

«Ich habe nicht gesagt, daß ich besorgt bin.»

«Ist... ist gestern irgend etwas passiert?»

«Was meinen Sie?»

«Sie waren ziemlich schweigsam, was den Ausflug angeht.»

«Nichts ist passiert...» Am liebsten wäre ich einfach weggegangen, aber sein Arm war über meiner Schulter, und ich konnte nicht fort, ohne mich umständlich zu bücken. Er wandte den Kopf, um mich aus dem Augenwinkel anzusehen, und unter diesem vertrauten, verwirrenden Blick spürte ich, wie mein Gesicht und mein Hals warm wurden.

«Sie haben mir einmal gesagt», bemerkte er freundlich, «daß Sie erröten, wenn Sie lügen. Irgend etwas stimmt nicht.»

«Nein, nein, es ist alles in Ordnung. Und wenn schon, es ist nichts...»

«Wenn Sie es mir erzählen wollten, würden Sie es tun, nicht wahr? Vielleicht könnte ich helfen.»

Ich dachte an das Mädchen in London und an Gibson, und all meine Ängste fluteten wieder an die Oberfläche. «Niemand kann helfen», sagte ich zu ihm. «Niemand kann auch nur das geringste tun.»

Er beließ es dabei. Wir traten wieder in den Sonnenschein, und ich stellte fest, daß ich fror, ich hatte eine Gänsehaut. Ich setzte mich auf die warme Decke und trank Kaffee, David gab mir eine Zigarette, um die Mücken zu vertreiben. Nach einer Weile legte ich mich hin, mit dem Kopf auf einem Kissen, den Körper der Sonne dargeboten. Ich war müde, der Wein hatte mich schläfrig gemacht. Ich schloß die Augen, die Geräusche des Flusses wurden lauter, und kurz darauf war ich eingeschlafen.

Etwa eine Stunde später wurde ich wach. David lag etwa einen Yard von mir entfernt, hatte sich auf einen Ellenbogen gestützt und las eine Zeitung. Als ich mich streckte und gähnte, sah er auf.

«Das ist nun schon zum zweitenmal passiert», murmelte ich. «Ich wache auf, und Sie sind neben mir.»

«Ich wollte Sie ohnehin gleich wecken. Wecken und nach Hause bringen.»

«Wie spät ist es?»

«Halb vier.»

Ich betrachtete ihn schläfrig. «Kommen Sie zum Tee mit nach Elvie? Großmutter würde Sie sicher gern sehen.»

«Ich würde gern mitkommen, aber ich muß einen alten Knaben besuchen, der am Ende der Welt wohnt. Er macht sich ab und zu Sorgen wegen seines Testaments, und ich muß ihn beruhigen.»

«Das ist wie schottisches Wetter, oder?»

«Was meinen Sie damit?»

«Eine Woche sind Sie in New York und machen weiß der Teufel was. In der nächsten ziehen Sie los zu irgendeinem abgelegenen Glen, um die Gemütsruhe eines alten Mannes wiederherzustellen. Sind Sie gern Anwalt auf dem Land?»

«Ja, wenn ich ehrlich bin, es gefällt mir.»

«Es paßt so gut zu Ihnen. Ich meine... Als wären Sie Ihr ganzes Leben lang hier gewesen. Und Ihr Haus und alles... und der Garten. Es paßt alles zusammen, als ob es jemand auf Sie zugeschnitten hätte.»

«Sie passen auch hierher», sagte David.

Ich wünschte mir, er würde das weiter ausführen, und einen Augenblick lang dachte ich, er würde es tun, aber er schien seine Meinung zu ändern, stand statt dessen auf, sammelte das Kaffeegeschirr und seine Zeitung ein und brachte alles ins Haus. Als er zurückkehrte, lag ich immer noch dort und blickte auf den Fluß. Er stand hinter mir, schob die Hände unter meine Schultern und zog mich auf die Beine. Ich drehte mich um und fand mich in seinen Armen wieder. «Auch das hatten wir schon einmal», sagte ich.

«Nur daß damals Ihr Gesicht geschwollen war vom Weinen, und heute...»

«Was ist heute?»

Er lachte. «Heute haben Sie etwa sechs Dutzend neue Sommersprossen bekommen. Und eine Menge alter Apfelblätter im Haar.»

Er fuhr mich heim. Das Verdeck seines Autos war offen, und mein Haar flog mir ins Gesicht. David fand einen alten Seidenschal im Handschuhfach, den er mir gab, damit ich ihn mir um den Kopf binden konnte.

Als wir zu der Baustelle kamen, stand die Ampel auf Rot, so warteten wir mit leerlaufendem Motor und beobachteten den Verkehr, der uns auf der einen Spur entgegenkam.

«Ich kann mir nicht helfen», sagte David, «ich finde, es wäre besser gewesen, die Brücke abzureißen und eine neue zu bauen, anstatt dieses Stück Straße zu begradigen... oder wenigstens etwas gegen diese höllische Kurve auf der anderen Seite zu tun.»

«Aber die Brücke ist so hübsch!»

«Sie ist gefährlich, Jane.»

«Aber jeder weiß das und fährt nur mit ein oder zwei Stundenkilometern darüber.»

«Nicht jeder weiß Bescheid», berichtigte er mich trocken. «Im Sommer ist jeder zweite Fahrer ein Tourist.»

Nachdem das Auto über die bucklige Brücke gerollt war, gab David Gas. Der Wind pfiff mir um die Ohren, und so fuhren wir zurück nach Elvie.

Später zeigte ich meiner Großmutter meine einzige Neuerwerbung, den marineblauen Pullover, den ich beim Waffenschmied gekauft hatte.

«Ich finde», sagte sie, «du hast es sehr klug angefangen, daß du in Caple Bridge überhaupt etwas gefunden hast. Und er sieht wirklich sehr warm aus», fügte sie freundlich hinzu, das formlose Kleidungsstück beäugend. «Was willst du dazu tragen?»

«Hosen... irgendwas. Eigentlich wollte ich einen Rock, aber ich konnte nichts Passendes finden.»

«Was für einen Rock?»

«Irgend etwas Warmes... Vielleicht wenn du nächstes Mal nach Inverness fährst...»

«Wie wär's mit einem Kilt?» sagte meine Großmutter.

Daran hatte ich nicht gedacht. Ich fand die Idee großartig. Kilts sind das Bequemste auf der Welt, und die Farben sind wunderschön. «Wo kann ich einen Kilt kaufen?»

«Oh, meine Liebe, du brauchst keinen zu kaufen, das Haus ist voll von Kilts. Wir haben keinen von Sinclairs abgetragenen Kilts weggeworfen.»

Ich hatte den glücklichen Umstand vergessen, daß ein Kilt, im Gegensatz zu einem Fahrrad, geschlechtsneutral ist. «Aber das ist eine wunderbare Idee! Warum sind wir nicht schon früher darauf gekommen? Ich gehe sofort nachsehen. Wo sind sie? Auf dem Speicher?»

«Keineswegs. Sie sind in Sinclairs Zimmer, in der Klappe über seinem Schrank. Ich habe sie alle mit Mottenkugeln weggepackt, aber wenn du einen möchtest, können wir ihn eine Weile draußen aufhängen, damit der Geruch herausgeht, und er wird so gut wie neu sein.»

Ich wollte keinen Augenblick verlieren und machte mich auf die Suche nach einem Kilt. Sinclairs Zimmer, im Augenblick herrenlos, war geputzt und ausgefegt worden und makellos ordentlich. Ich erinnerte mich daran, daß diese Ordnungsliebe ihm immer schon eigen war. Als Junge hatte er Unordnung nicht ertragen können, nie mußte jemand anders seine Kleider zusammenlegen oder seine Spielsachen wegräumen.

Ich hob einen Stuhl hoch und ging zum Schrank hinüber. Er war in den Alkoven auf der Seite des Kamins gebaut worden; der Raum zwischen der Oberseite des Schrankes und der Decke wurde als zusätzlicher Stauraum für Koffer benutzt und für Kleider, die in der Jahreszeit nicht getragen wurden. Ich stellte mich auf einen Stuhl, öffnete die Klappe und blickte auf einen ordentlichen Stapel Bücher, einige Autozeitschriften, einen Squashschläger, ein Paar Schwimmflossen. Starker Kampfergeruch strömte aus einer riesigen Kleiderschachtel, die mit einer Kordel verschnürt war, und ich langte hoch, um sie herunterzuheben. Sie war schwer und sperrig, und während ich damit kämpfte, stieß ich mit dem Ellenbogen gegen den Bücherstapel und brachte ihn ins Wanken. Durch den Karton behindert, konnte ich nichts dagegen tun, daß die Bücher hinunterfielen, ich stand einfach auf dem Stuhl und hörte zu, wie sie in fürchterlichem Durcheinander auf den Boden krachten.

Ich fluchte, packte den Karton fester, hob ihn herunter, legte ihn aufs Bett und bückte mich, um die Bücher aufzuheben. Es waren ungefähr zehn Bände, ein Wörterbuch, «Le Petit Larousse», ein «Leben Michelangelos» und, ganz unten...

Es war dick und schwer und in scharlachrotes Leder eingebunden, auf dem Deckel prangte ein privates Wappen, auf dem vorderen Umschlag und auf dem karminroten Rücken war in goldenen Lettern gepunzt: «Eine Geschichte der Erde und der belebten Natur, Band I und II».

Ich kannte das Buch. Ich war wieder sechs Jahre alt, und mein Vater hatte es gerade mitgebracht von einem seiner gelegentlichen Beutezüge in Mr. McFees Antiquariat in Caple Bridge. Mr. McFee war schon lange tot, sein Geschäft war jetzt ein Tabakladen, aber damals hatte mein Vater viele glückliche Stunden im Gespräch mit Mr. McFee verbracht, einem heiteren Exzentriker, der keine langweiligen Vorurteile gegen Schmutz oder Staub hatte.

Er hatte Goldsmiths «Belebte Natur» zufällig gefunden und es triumphierend nach Hause gebracht, denn es war nicht nur ein seltenes Werk, sondern von einem früheren Besitzer aus adliger Familie privat eingebunden worden und so an sich schon ein schöner Gegenstand. Mein Vater brachte es in seiner Begeisterung und in dem Wunsch, seine Freude zu teilen, als erstes ins Kinderzimmer, um es Sinclair und mir zu zeigen. Meine Reaktion war vermutlich enttäuschend. Ich strich über das hübsche Leder, betrachtete ein oder zwei Bilder von asiatischen Elefanten und wendete mich dann wieder meinem Puzzle zu.

Aber mit Sinclair war es etwas anderes. Sinclair liebte alles daran, den alten Druck, die dicken Seiten, die Aquatintastiche, jedes Detail der winzigen Zeichnungen. Er liebte den Geruch, das marmorierte Vorsatzblatt und das Gewicht des großen alten Buches.

Der Erwerb eines solchen Prachtstücks für die Sammlung meines Vaters war einer besonderen Zeremonie würdig. Also holte er einige seiner Ex-Libris-Aufkleber, einen Holzschnitt mit seinen Initialen, die von dekorativen Pflanzenornamenten umrankt wurden, und klebte ihn feierlich auf das marmorierte Vorsatzblatt von Goldsmiths Werk. Sinclair und ich sahen dieser Operation in ergriffenem Schweigen zu, und als er damit fertig war, stieß ich einen Seufzer der Befriedigung aus, weil damit alles seine Ordnung hatte und nicht der Schatten eines Zweifels bestand, daß das Buch nun meinem Vater gehörte.

Dann wurde das Buch nach unten gebracht und auf einen Tisch im Wohnzimmer gelegt, neben Zeitschriften und Tageszeitungen, wo es bewundert, in die Hand genommen und im Vorübergehen durchgesehen werden konnte. Es wurde nicht wieder davon gesprochen, bis mein Vater zwei oder drei Tage später feststellte, daß es verschwunden war.

Niemand war deswegen besonders beunruhigt. Goldsmiths «Belebte Natur» war einfach woandershin geraten. Vielleicht hatte es jemand ausgeliehen und vergessen zurückzulegen. Aber niemand hatte es ausgeliehen. Mein Vater begann nachzuforschen und zog nichts als Nieten. Meine Großmutter suchte stundenlang, aber das Buch kam nicht zum Vorschein.

Dann wurden Sinclair und ich hinzugezogen. Hatten wir das Buch gesehen? Natürlich hatten wir es nicht gesehen, und nachdem wir das einmal gesagt hatten, wurde unsere Unschuld nie in Frage gestellt. Meine Mutter sagte: «Vielleicht ein Einbrecher...», aber meine Großmutter tat das verächtlich ab. Welcher Einbrecher würde antikes Silber stehenlassen und sich nur mit einem alten Buch davonmachen? Sie bestand darauf, Goldsmiths «Belebte Natur» sei einfach verlegt worden. Es würde wiederauftauchen. Wie jede kleine Sensation starb diese mysteriöse Geschichte eines natürlichen Todes, das Buch aber wurde nie gefunden.

Bis jetzt. In Sinclairs Schrank, säuberlich weggeräumt mit einigen anderen Besitztümern, für die er keine rechte Verwendung mehr hatte. Es war schön wie eh und je, das rote Leder war glatt und fühlte sich weich an, die Buchstaben leuchteten golden. In meinen Händen wog es schwer wie Blei. Ich erinnerte mich an das Ex Libris meines Vaters, schlug den Vorderdeckel des Buches auf und sah, daß das marmorierte Vorsatzblatt mitsamt dem Ex Libris entfernt worden war, vorsichtig und genau, dicht an der Bindung, vielleicht mit einer Rasierklinge. Und auf dem weißen Deckblatt, das darunterlag, stand schwarz auf weiß in der festen Handschrift des zwölfjährigen Sinclair:

Sinclair Bailey
Elvie
Dies ist sein Buch

9

Das wunderschöne warme Wetter hielt an. Am Montag nachmittag ging meine Großmutter mit einem Spaten und einem Paar Gartenhandschuhen bewaffnet hinaus, um Blumenzwiebeln zu pflanzen. Ich bot ihr meine Hilfe an, aber sie lehnte ab. Wenn ich mitkäme, würden wir doch nur schwatzen, meinte sie, und es würde nichts geschafft. Allein sei sie schneller. Deshalb pfiff ich nach den Hunden und machte mich auf zu einem Spaziergang. Ich arbeite ohnehin nicht gern im Garten.

Ich ging mehrere Meilen und war zwei Stunden oder länger unterwegs. Als ich zurückkehrte, verblaßte der Sonnenschein, und es wurde kühl. Ein paar Wolken zeigten sich über den Gipfeln der Berge, sie waren von Norden herangeweht worden, und über dem Loch lag ein Nebelstreif. Aus dem ummauerten Garten, wo Will ein Feuer machte, stieg blauer Rauch auf und verwehte wie eine lange Feder, die Luft war erfüllt von dem Geruch brennenden Abfalls. Die Hände tief in den Taschen vergraben überquerte ich den Damm und kam zu der Straße unter den Blutbuchen. Einer der Hunde begann zu bellen, ich blickte auf und sah den dunkelgelben Lotus Elan vor dem Haus parken.

Sinclair war zurück. Ich ging weiter, über das Gras, watete knöcheltief in abgefallenen Blättern bis zum Kiesweg. Als ich am Auto vorbeiging, ließ ich meine Hand über einen glänzenden Kotflügel gleiten, als müßte ich mich versichern, daß er wirklich da war. Ich betrat die warme Diele, wo es nach Torffeuer roch, wartete auf die Hunde und schloß dann die Tür hinter mir.

Ich hörte Stimmengemurmel aus dem Wohnzimmer. Die Hunde liefen zu ihren Näpfen, tranken und ließen sich dann vor das Kaminfeuer in der Diele fallen. Ich löste den Gürtel meines Regenmantels, zog ihn aus, schüttelte die schmutzigen Schuhe von den Füßen und glättete mein Haar mit den Händen. Dann durchquerte ich die Diele, öffnete die Tür und sagte: «Hallo, Sinclair.»

Sie hatten links und rechts am Kamin gesessen, einen niedrigen Teetisch zwischen sich. Aber nun stand Sinclair auf und kam mir durch den Raum entgegen, um mich zu begrüßen.

«Janey ... wo bist du gewesen?» Er gab mir einen Kuß.

«Ich habe einen Spaziergang gemacht.»

«Es ist fast dunkel, wir dachten schon, du hättest dich verirrt.»

Ich sah zu ihm auf. Aus irgendeinem Grund hatte ich gedacht, es würde ihm anzumerken sein, daß er anders geworden war. Ruhiger, müde vielleicht von der langen Fahrt. Nachdenklicher unter der Last seiner neuen Verantwortung. Aber ganz offensichtlich hatte ich mich geirrt. Wenn überhaupt ein Unterschied zu bemerken war, sah er noch heiterer, jünger und leichtherziger aus als je zuvor. Es war ein Glitzern um ihn an jenem Abend – ein aufgeregtes Strahlen, wie bei einem Kind zu Weihnachten.

Er nahm meine Hände. «Und du bist kalt wie ein Eiszapfen. Komm hierher, zum Feuer, und wärm dich auf. Ich habe dir freundlicherweise eine Scheibe Toast übriggelassen, aber ich bin sicher, daß Mrs. Lumley dir noch mehr macht, wenn du möchtest.»

«Nein, das ist gut so.» Ich hob einen niedrigen Lederhokker hoch und setzte mich zwischen sie, meine Großmutter schenkte mir Tee ein. «Wo bist du gewesen?» fragte sie, und ich berichtete von meinem Spaziergang. «Haben die Hunde etwas zu trinken gekriegt? Waren sie naß und schmutzig? Hast du sie abgetrocknet?» Ich schüttelte den Kopf. «Nicht nötig. Wir sind nirgendwo gewesen, wo es naß war, und ich habe das Heidekraut aus ihrem Fell gezupft, bevor wir heimkamen.» Sie reichte mir die Tasse, ich legte meine kalten Hände darum und sah Sinclair an.

«Wie war es in London?»

«Warm und stickig.» Er grinste, seine Augen glitzerten vor Übermut. «Voller erschöpfter Geschäftsleute in Winteranzügen.»

«Hast du… Erfolg gehabt mit dem, was du vorhattest?»

«Das klingt sehr pompös. Wo hast du gelernt, dich so gewählt auszudrücken?»

«Nun?»

«Ja, natürlich, sonst wäre ich doch nicht hier.»

«Wann – wann bist du in London losgefahren?»

«Heute früh, etwa um sechs Uhr. Großmutter, ist noch etwas Tee in der Kanne?»

Sie hob die Teekanne hoch und nahm den Deckel ab, um hineinzusehen. «Nicht mehr viel. Ich gehe in die Küche und brühe noch ein bißchen auf.»

«Ruf doch Mrs. Lumley.»

«Nein, ihr tun die Füße weh. Ich mach das schon. Ich möchte ohnehin mit ihr über das Abendessen sprechen, wir müssen noch einen Fasan in den Topf tun.»

Als sie gegangen war, nahm Sinclair meine Hände. Seine Berührung war kühl und leicht. «Ich möchte mit dir sprechen.»

Das war es. «Worüber?»

«Nicht hier. Ich möchte dich ganz für mich allein. Ich dachte, wir können nach dem Tee mit dem Auto hinausfahren. Auf den Bengairn hoch und zusehen, wie der Mond aufgeht. Kommst du mit?»

Wenn er unter vier Augen mit mir über Tessa sprechen wollte, so war der Lotus Elan ebensogut geeignet wie jeder andere Ort. Ich nickte. «In Ordnung.»

Mit dem Lotus zu fahren war ungewohnt, um es milde auszudrücken. Angegurtet auf dem niedrigen Sitz hatte ich das Gefühl, als wäre ich auf dem Weg zum Mond, und die Geschwindigkeit, mit der Sinclair losfuhr, trug nicht gerade dazu bei, diesen Eindruck zu zerstreuen. Wir brausten die kleine Straße hinauf und bogen mit quietschenden Reifen in die Hauptstraße ein. Die Nadel des Tachometers kletterte in Sekundenschnelle auf siebzig Meilen, Felder, Hecken und vertraute Wegzeichen flogen vorbei und blieben in schwindelerregendem Tempo hinter uns zurück.

«Fährst du immer so schnell?»

«Liebes, das ist nicht schnell.»

Ich beließ es dabei. Im Handumdrehen, so schien mir, waren wir an der buckligen Brücke, verlangsamten leicht, sausten dann hinüber und schossen, als mein Magen noch irgendwo zwei Fuß über meinem Kopf schwebte, auf die Baustelle zu. Die Ampel stand auf Grün, und Sinclair beschleunigte, so daß wir durch die Absperrung und ein gutes Stück darüber hinaus gefahren waren, bevor sie wieder auf Rot sprang.

Wir fuhren nach Caple Bridge hinein, wo eine Geschwindigkeitsbegrenzung von dreißig Meilen vorgeschrieben war. Aus Rücksicht auf den örtlichen Polizeiwachtmeister und sehr zu meiner Erleichterung schaltete er in einen niedrigeren Gang und ließ den Lotus mit der vorgeschriebenen Geschwindigkeit langsam durch die Stadt trödeln. Doch kaum hatten wir das letzte Haus hinter uns gelassen, bretterte er wieder los. Es herrschte jetzt wenig Verkehr. Die Straße war glatt, leicht gewölbt und zog sich in Kurven vor uns her. Das

Auto raste davon wie ein Pferd, dem die Zügel gelockert werden.

Wir kamen zu der Abzweigung, wo wir auf eine kleine Seitenstraße abbogen, die nach Süden führte. Sie kletterte in steilen Kurven auf den Gipfel des Bengairn. Felder und Äcker fielen unter uns ab, kurz darauf waren wir auf dem Moor. Das vom Wind zerzauste Gras war mit Heidekraut gesprenkelt, ein paar eher uninteressiert dreinblickende schwarzgesichtige Schafe standen in der Landschaft. Die kalte Luft, die durch das offene Fenster wehte, roch nach Torf, vor uns war es dunstig, aber bevor wir in den Nebel gerieten, lenkte Sinclair den Lotus in eine Parkbucht und stellte den Motor ab.

Vor uns dehnte sich das Tal, still breitete es sich unter einem Himmel von blassem Türkis aus, eher grün als blau, in das sich im Westen das Rosa des Sonnenuntergangs mischte. Weit unten lag Elvie Loch, ruhig und hell wie ein Juwel, und der Caple sah aus wie ein gewundenes Silberband. Es war sehr still, nur der Wind zerrte an dem Wagen, und ab und zu ertönte der Ruf der Brachvögel.

Neben mir löste Sinclair seinen Gurt. Als ich mich nicht rührte, um seinem Beispiel zu folgen, lehnte er sich zu mir herüber, um auch meinen zu öffnen. Ich drehte mich zu ihm um, und ohne etwas zu sagen nahm er mein Gesicht zwischen seine behandschuhten Hände und küßte mich. Nach einer Weile schob ich ihn sanft zurück und sagte: «Du wolltest mit mir sprechen, weißt du noch?»

Er lächelte, nicht im geringsten aus der Fassung gebracht, und stemmte sich hoch, um an seine Manteltasche zu kommen. «Ich habe etwas für dich...» Er nahm eine kleine Schachtel heraus, öffnete sie, und der ganze Himmel schien sich in dem Sternengeglitzer von Diamanten zu spiegeln.

Ich hatte das Gefühl, als würde ich kopfüber und Purzelbäume schlagend einen langen, steilen Abhang hinunterrollen. Schwindelig und benommen fand ich erst nach einer Weile die Sprache wieder, aber ich konnte nur sagen: «Aber Sinclair, das ist doch nicht für *mich*.»

«Natürlich ist er für dich. Hier...» Er nahm den Ring, warf die kleine Schachtel leichthin auf die Ablage über der Armatur, und bevor ich ihn daran hindern konnte, hatte er meine linke Hand genommen und den Ring fest auf meinen Finger gesteckt. Ich versuchte die Hand zurückzuziehen, aber er hielt sie fest und schloß seine Finger über dem Ring, so daß die Diamanten in meine Haut schnitten und weh taten.

«Aber er *kann* nicht für mich sein...»

«Er ist für dich. Nur für dich.»

«Sinclair, wir müssen miteinander reden.»

«Deshalb habe ich dich hierhergebracht.»

«Nein, nicht darüber. Über Tessa Faraday.»

Wenn ich angenommen hatte, daß ihm das einen Schock versetzen würde, hatte ich mich getäuscht. «Was weißt du über Tessa Faraday?» Er klang nachsichtig, nicht im mindesten erregt.

«Ich weiß, daß sie ein Kind bekommt. Von dir.»

«Und wie hast du das herausgefunden?»

«Weil ich an dem Abend, als sie anrief, das Telefon klingeln hörte und oben an den Anschluß ging, um zu antworten. Aber du hattest bereits abgenommen, und ich hörte... wie sie dir sagte...»

«Du warst das also?» Er klang recht erleichtert, als hätte sich irgendein kleines Dilemma in Luft aufgelöst. «Ich meinte gehört zu haben, wie an dem anderen Apparat eingehängt wurde. Wie außerordentlich taktvoll von dir, nicht bis zum Ende unseres Gesprächs zuzuhören.»

«Aber was wirst du tun?»

«Tun? Nichts.»

«Aber das Mädchen bekommt ein Kind von dir.»

«Liebste Janey, wir wissen nicht, ob es von mir ist.»

«Aber es könnte von dir sein.»

«O ja, das könnte es. Aber das bedeutet nicht, daß es so ist. Und ich übernehme nicht die Verantwortung für die Unachtsamkeit eines anderen Mannes.»

Ich dachte an Tessa Faraday und das Bild, das ich mir von ihr zurechtgezimmert hatte. Das fröhliche, hübsche Mädchen, lachend in Sinclairs Armen. Die erfolgreiche, engagierte Skiläuferin, der die Welt, die sie sich ausgesucht hatte, zu Füßen lag. Die junge Frau, der Anerkennung und Bewunderung gezollt wurde, die mit meiner Großmutter im *Connaught* zu Mittag aß. «So ein reizendes Mädchen», hatte meine Großmutter gesagt, und sie täuschte sich selten in Menschen. Nichts davon stimmte überein mit dem Eindruck, den Sinclair mir zu vermitteln versuchte.

Um Fassung bemüht fragte ich: «Hast du ihr das gesagt?»

«Mehr oder weniger, ja.»

«Und was hat sie gesagt?»

Er zuckte leicht mit den Schultern. «Sie sagte, wenn ich so empfände, würde sie andere Maßnahmen treffen.»

«Und du hast es dabei belassen?»

«Ja, wir haben es dabei belassen. Sei doch nicht so naiv, Jane, sie ist herumgekommen, sie ist ein vernünftiges Mädchen.»

Die ganze Zeit hatte er seinen Griff um meine Hand nicht gelockert, aber nun ließ er sie los, und ich konnte meine verkrampften Finger öffnen und ausstrecken. Er nahm den Ring zwischen Zeigefinger und Daumen und drehte ihn ein bißchen hin und her, als wolle er ihn aufschrauben. «Jedenfalls», sagte er, «habe ich ihr gesagt, daß ich dich heiraten werde.»

«Du hast ihr *was* gesagt?»

«Oh, Liebling, hör doch zu. Ich sagte ihr, daß ich dich heirate ...»

«Aber dazu hattest du kein Recht... du hast mich nicht einmal gefragt.»

«Natürlich habe ich dich gefragt. Was glaubst du denn, worüber wir neulich gesprochen haben? Was dachtest du denn, was hier ich tue?»

«Schauspielern.»

«Nein, ich habe nicht geschauspielert. Und das weißt du ganz genau.»

«Du bist doch gar nicht verliebt in mich.»

«Aber ich liebe dich.» Aus seinem Mund klang das vollkommen vernünftig. «Und mit dir zusammenzusein und dich wieder in Elvie zu haben ist das Beste, was mir je passiert ist. Es ist so etwas Frisches um dich, Janey. Im einen Augenblick bist du so naiv wie ein Kind, und im nächsten kommst du an mit etwas, was erstaunlich weise ist. Und du bringst mich zum Lachen, und ich finde dich überaus attraktiv. Und du kennst mich fast besser, als ich mich selbst kenne. Ist all das nicht wichtiger, als einfach nur verliebt zu sein?»

«Aber wenn man jemanden heiratet, ist es für immer», entgegnete ich.

«Nun?»

«Du mußt in Tessa Faraday verliebt gewesen sein, und jetzt willst du nichts mehr mit ihr zu tun haben...»

«Janey, das war etwas völlig anderes.»

«Wie anders? Ich kann nicht erkennen, wieso das so anders sein soll.»

«Tessa ist attraktiv und fröhlich, es ist sehr angenehm, mit ihr zusammenzusein, und ich habe ihre Gesellschaft ungeheuer genossen, aber ein Leben lang – nein.»

«Aber sie wird das Kind für den Rest ihres Lebens haben.»

«Ich habe dir bereits gesagt, es ist sehr wahrscheinlich gar nicht von mir.»

Es war offensichtlich, daß er sich aus dieser Perspektive

unangreifbar vorkam. Ich versuchte es mit einer anderen Taktik. «Angenommen, Sinclair, nur angenommen, daß ich dich nicht heiraten möchte. Wie ich neulich schon sagte, wir sind Cousins ersten Grades...»

«Das hat es vor uns auch schon gegeben.»

«Wir stehen uns zu nahe. Ich würde es nicht riskieren wollen.»

«Ich liebe dich», sagte Sinclair. Es war das erste Mal, daß das jemand zu mir sagte. Ich hatte es mir in heimlichen Tagträumen als Teenager oft vorgestellt. Aber nie so.

«Aber... aber ich liebe dich nicht...»

Er lächelte. «Du klingst nicht sehr sicher.»

«Aber ich bin sicher. Ziemlich sicher.»

«Nicht einmal genug, um... mir zu helfen?»

«Oh, Sinclair, du brauchst keine Hilfe.»

«Aber da täuschst du dich. Ich brauche Hilfe. Wenn du mich nicht heiratest, wird meine ganze Welt in sich zusammenstürzen.»

Das war ein Satz, wie er einem Liebhaber anstand, und doch hatte ich nicht das Gefühl, daß Liebe daraus sprach.

«Das meinst du doch wohl nicht wörtlich, oder?»

«Wie scharfsinnig du sein kannst, Janey. Doch, das meine ich.»

«Warum?»

Er war plötzlich ungeduldig, ließ meine Hand fallen, als sei er gelangweilt, und wandte sich ab, um nach einer Zigarette zu suchen. Er fand ein paar in seiner Manteltasche, nahm eine und zündete sie mit dem Anzünder an der Armatur an. «Oh, weil...» sagte er schließlich.

Nach einer Weile drängte ich ihn: «Weil?»

Er holte tief Luft. «Weil ich bis über beide Ohren in Schulden stecke. Weil ich entweder Geld auftreiben muß, um sie zurückzuzahlen, oder eine Sicherheit vorweisen, um mir

Geld leihen zu können. Ich habe keins von beiden. Und wenn alles herauskommt, und diese Gefahr droht durchaus, dann kann ich davon ausgehen, daß mein Chef nach mir schickt, um mir widerstrebend mitzuteilen, daß sie sehr gut ohne meine Dienste auskommen können, danke schön.»

«Du meinst, du verlierst deinen Job?»

«Nicht nur scharfsinnig, sondern auch noch eine rasche Auffassungsgabe.»

«Aber... wie bist du in Schulden geraten?»

«Was glaubst du wohl? Pferdewetten, Blackjack spielen...»

Es klang sehr harmlos. «Und wie hoch?»

Er sagte es mir. Ich konnte nicht glauben, daß irgend jemand so viel Geld hatte und erst recht nicht so viele Schulden. «Du mußt von Sinnen sein. Du meinst, nur mit Kartenspielen...»

«Oh, um Gottes willen, Jane, in manchen Spielclubs in London kann man an einem einzigen Abend so viel verlieren. Und ich habe nahezu zwei Jahre dafür gebraucht.»

Es dauerte einen oder zwei Augenblicke, bis ich die Tatsache begreifen konnte, daß ein ausgewachsener Mann derart dumm sein konnte. Ich hatte immer gedacht, mein Vater schwebe, was Geld angeht, über dem Boden der Tatsachen, aber das...

«Kann Großmutter dir nicht helfen? Dir das Geld leihen?»

«Sie hat mir früher schon geholfen... ohne allzu große Begeisterung, wie ich wohl hinzufügen kann.»

«Du meinst, es ist nicht das erste Mal.»

«Nein, es ist nicht das erste Mal, und du brauchst nicht so ein schockiertes, verdattertes Gesicht zu machen. Außerdem, unsere Großmutter hat so viel Geld nicht herumliegen.

Sie gehört einer Generation an, die an feste Kapitalanlagen glaubt; ihr Geld steckt in Investments und Grundbesitz.»

Grundbesitz. Ich sagte leichthin: «Wie wär's dann, ein wenig Land zu verkaufen? Das... Moor zum Beispiel?»

Sinclair warf mir einen Seitenblick zu, voll widerwilligem Respekt. «Daran habe ich bereits gedacht. Ich habe sogar eine Gruppe Amerikaner organisiert, die überaus interessiert daran sind, das Moor zu kaufen, oder, wenn sie das nicht könnten, es wenigstens jährlich für eine beträchtliche Pacht zu übernehmen. Um ehrlich zu sein, Janey, deshalb habe ich doch diesen kleinen Urlaub genommen, um hierherzufahren und ihr diese Idee in den Kopf zu setzen. Aber natürlich will sie nichts davon wissen... obwohl ich nicht begreifen kann, wofür das Land gut sein soll, so wie es ist.»

«Es ist bereits verpachtet...»

«Für einen lächerlichen Betrag. Die Pacht, die diese kleinen Geschäftsleute ihr zahlen, deckt kaum die Kosten von Gibsons Patronen.»

«Und Gibson?»

«Ach, zum Teufel mit Gibson. Er ist ohnehin schon zu alt, es ist Zeit, daß er in den Ruhestand geschickt wird.»

Wir schwiegen wieder. Sinclair saß da und rauchte. Ich saß neben ihm und versuchte verzweifelt, das Durcheinander meiner Gedanken zu ordnen. Ich stellte fest, daß mich seine skrupellose Haltung nicht erstaunte – ich hatte so etwas bereits befürchtet. Auch über die Tatsache, daß er sich in einen derartigen Schlamassel manövriert hatte, wunderte ich mich nicht, sondern einfach darüber, daß er so offen zu mir war. Entweder hatte er nichts zu verlieren, weil er die Idee, wir würden heiraten, völlig aufgegeben hatte, oder seine Selbsttäuschung war grenzenlos.

Allmählich wurde ich wütend. Ich verliere nur langsam die Selbstbeherrschung, und es passiert selten, aber wenn es einmal dazu kommt, werde ich ziemlich unlogisch. Da ich das wußte und einen Zornesausbruch unbedingt vermeiden wollte, riß ich mich zusammen und konzentrierte mich darauf, kühl und praktisch zu bleiben.

«Ich weiß nicht, weshalb Großmutter mehr darüber zu bestimmen haben sollte als du. Schließlich wird Elvie eines Tages dir gehören. Ich denke, wenn du größere Teile davon jetzt verkaufen willst, dann ist das deine Angelegenheit.»

«Wie kommst du darauf, daß Elvie eines Tages mir gehören wird?» fragte er.

«Natürlich wird es das. Du bist ihr Enkel. Es gibt niemanden sonst.»

«Du sprichst, als wäre es ein Familienerbe, als wäre Elvie seit Generationen von dem Vater an den Sohn gegangen. Aber das ist es nicht. Es gehört unserer Großmutter, und wenn sie will, kann sie es einem Heim für herrenlose Katzen hinterlassen.»

«Und warum nicht dir?»

«Weil ich, mein Liebes, der Sohn meines Vaters bin.»

«Und was soll das heißen?»

«Das heißt, daß ich ein Tunichtgut bin, ein Taugenichts, ein schwarzes Schaf. Ein richtiger Bailey, wenn du so willst.»

Ich starrte ihn verständnislos an, und plötzlich lachte er, und es klang keineswegs angenehm. «Unschuldige kleine Jane, hat dir nie jemand von deinem Onkel Aylwyn erzählt? Hat dein Vater dir kein Wort gesagt?»

Ich schüttelte den Kopf.

«Ich erfuhr es, als ich achtzehn war... als eine Art unerwünschtes Geburtstagsgeschenk. Weißt du, Aylwyn Bailey war nicht nur unehrlich, sondern auch noch unfähig. Von den Jahren, die er in Kanada verbrachte, saß er fünf im Gefängnis. Wegen Betrugs, Unterschlagung und Gott weiß was sonst noch. Ist dir nie aufgefallen, daß die ganze Geschichte ein bißchen unnatürlich ist? Keine Besuche. Sehr wenige Briefe. Und nicht ein einziges Foto im ganzen Haus?»

Plötzlich lag die Wahrheit so offen zutage, daß ich mich fragte, weshalb ich nicht selbst schon darauf gekommen war. Ich dachte an das Gespräch, das ich erst vor ein paar Tagen mit meiner Großmutter geführt hatte. Wie wenige Eindrücke hatte sie mir doch von ihrem einzigen Sohn vermittelt. *Er wollte in Kanada leben und ist schließlich dort gestorben. Elvie hat Aylwyn nie viel bedeutet... Er sah aus wie Sinclair. Und er war sehr charmant.*

Ich war wie betäubt. «Aber warum kam er nie zurück?»

«Ich nehme an, er war einer von den Männern, die im Ausland von Überweisungen aus der Heimat leben... vielleicht stellte sich unsere Großmutter vor, ich wäre ohne seinen Einfluß besser dran.» Er drückte den Knopf, mit dem das Fenster heruntergelassen wurde, und warf die halbgerauchte Zigarette fort. «So wie sich die Dinge entwickelt haben, glaube ich allerdings nicht, daß es irgendeinen Unterschied gemacht hätte, so oder so. Ich habe einfach die Familienkrankheit geerbt.» Er lächelte mich an. «Und was nicht geheilt werden kann, muß ertragen werden.»

«Du meinst, alle anderen müssen es ertragen.»

«Ach, komm, für mich ist es schließlich auch nicht leicht. Weißt du, Janey, es ist seltsam, daß du darauf kommst – daß Elvie irgendwann mir gehören wird. Neulich nacht sprachen wir darüber, das Moor zu verkaufen, und darüber, was mit Gibson geschehen soll, da war das mein letzter Trumpf. ‹Elvie wird einmal mir gehören. Früher oder später gehört es mir. Weshalb sollte ich dann jetzt nicht entscheiden, was damit geschehen soll?›» Er drehte sich zu mir um und lächelte... sein charmantes, entwaffnendes Lächeln. «Und weißt du, was unsere Großmutter sagte?»

«Nein.»

«Sie sagte: ‹Aber Sinclair, da irrst du dich. Elvie bedeutet dir nichts, es sei denn als Einkommensquelle. Du hast dir ein Leben in London aufgebaut und würdest nie hier leben wollen. Elvie wird an Jane gehen.›»

Und hier also kam ich ins Spiel. Das war das letzte Puzzleteilchen, nun war das Bild vollständig.

«Deshalb wolltest du mich also heiraten. Um Elvie in die Finger zu bekommen.»

«So klingt es ein bißchen unverblümt...»

«Unverblümt!»

«...aber ich denke, das war in groben Zügen die Idee. Außer all den anderen Gründen, die ich dir bereits genannt habe. Und das war wirklich und wahrhaftig und vollkommen aufrichtig gemeint.»

Diese Worte aus seinem Mund brachten schließlich meine Selbstbeherrschung ins Wanken, sie stießen meine Unerschütterlichkeit um wie einen Felsblock, der nur einen Schubs braucht, um den Hügel hinunterzurollen.

«Wirklich und wahrhaftig und aufrichtig. Sinclair, du weißt ja nicht einmal, was diese Worte bedeuten. Wie kannst du sie nur im gleichen Atemzug gebrauchen mit dem... mit all dem, was du mir erzählt hast...»

«Du meinst über meinen Vater?»

«Nein, ich meine nicht über deinen Vater. Dein Vater ist mir egal, und dir kann er genauso egal sein. Und Elvie ist mir auch egal. Ich will Elvie nicht einmal, und wenn Großmutter es mir hinterläßt, werde ich es nicht annehmen. Ich werde es niederbrennen oder verschenken, nur damit du es nicht in deine gierigen Pfoten kriegst.»

«Das ist nicht sehr barmherzig.»

«Ich will auch gar nicht barmherzig sein. Du verdienst keine Barmherzigkeit. Du bist besessen davon, haben zu wollen, das warst du immer schon. Du mußtest immer alles *haben*... Und wenn du etwas nicht bekommen konntest, hast du es dir einfach genommen. Elektrische Eisenbahnen, Boote, Cricketschläger und Gewehre, als du klein warst. Und nun Phantasieautos und Wohnungen in London und Geld und Geld und noch mehr Geld. Du wirst nie zufrieden sein. Selbst wenn ich auf all das einginge, was du von mir verlangst, wenn ich dich heiraten und dir Elvie überlassen würde mit allem Drum und Dran, wäre dir das nicht genug.»

«Du bist ein bißchen weltfremd.»

«So würde ich das nicht nennen. Es geht darum, die Prioritäten richtig zu setzen, zu begreifen, daß Menschen mehr bedeuten als Dinge.»

«Menschen?»

«Ja, Menschen, weißt du, menschliche Wesen, mit Gefühlen und Emotionen und all den Eigenschaften, die du vergessen zu haben scheinst, wenn du überhaupt je gewußt hast, daß sie existieren. Menschen wie unsere Großmutter, und Gibson, und diese Tessa, die ein Kind von dir bekommt... und fang jetzt nicht wieder an, mir einreden zu wollen, es sei nicht von dir, denn ich weiß, und was wichtiger ist, du weißt verdammt gut, daß es von dir ist. Sie haben ihren Zweck erfüllt, sie sind entbehrlich, und so wirfst du sie einfach über Bord.»

«Dich nicht», sagte Sinclair. «Dich werfe ich nicht über Bord. Dich nehme ich mit mir.»

«O nein, das tust du nicht.» Der Ring saß zu fest. Ich zerrte ihn vom Finger, zerschrammte mir dabei den Knöchel und konnte mich gerade noch soweit beherrschen, daß ich ihn Sinclair nicht ins Gesicht warf. Ich griff nach der kleinen Schmuckschachtel, stieß den Ring in den Samt, ließ die Schachtel zuschnappen und warf sie zurück auf die Ablage. «Du hattest recht, als du sagtest, daß wir einander liebten. Wir liebten uns, und ich habe immer gedacht, du wärst der wunderbarste Mensch auf der Welt. Aber es stellt sich heraus, daß du nicht nur verabscheuungswürdig bist, sondern auch noch dumm. Du mußt von Sinnen sein, wenn du glaubst, ich würde einfach mitspielen, als ob nichts geschehen wäre. Du mußt mich für eine ungeheure Idiotin halten.»

Zu meinem Entsetzen hörte ich, wie meine Stimme anfing zu beben. Ich warf mich so weit weg von ihm wie möglich in den Sitz, saß zitternd da und sehnte mich danach, draußen zu sein im Freien oder in irgendeinem riesigen Raum, wo ich schreien, mit Gegenständen um mich werfen und mich überhaupt einem hysterischen Anfall hingeben könnte. Aber das ging nicht. Ich war eingesperrt in dem winzigen Innenraum von Sinclairs Auto, es gab kaum Platz für unsere überschäumenden Gefühle, und schon gar nicht für uns beide.

Ich hörte, wie er neben mir seufzte. «Wer hätte gedacht, daß du mit solch erhabenen Prinzipien aus Amerika zurückkommst», sagte er.

«Das hat mit Amerika nichts zu tun. Ich bin eben so, und ich werde immer so sein.» Ich spürte, wie meine Mundwinkel sich nach unten zogen und meine Augen sich mit Tränen füllten. «Und jetzt will ich nach Hause.»

Es nützte nichts. Trotz aller Beherrschung fing ich nun wirklich an zu weinen. Ich suchte nach einem Taschentuch, konnte aber natürlich keines finden und mußte schließlich Sinclairs nehmen, das er mir schweigend reichte.

Ich wischte mir die Tränen ab und putzte mir die Nase, und aus irgendeinem lächerlichen Grund brach diese prosaische Handlung die Spannung zwischen uns. Er nahm ein Paar Zigaretten aus seiner Tasche, zündete sie beide an und gab mir eine davon. Das Leben ging weiter. Ich bemerkte, daß es während unseres Gesprächs dunkel geworden war. Der Mond, nicht mehr neu, aber immer noch eine zarte Sichel, ging im Osten auf, aber er schien nur verschwommen durch den Nebel, der auf den Bergen hing und uns nun allmählich einhüllte.

Ich putzte noch einmal meine Nase und fragte: «Was wirst du jetzt tun?»

«Keine Ahnung.»

«Wenn wir vielleicht mit David Stewart sprechen würden...»

«Nein.»

«Oder mit meinem Vater. Er ist ja vielleicht nicht sehr praktisch, aber er ist sehr klug. Wir könnten ihn anrufen...»

«Nein.»

«Aber Sinclair...»

«Du hast recht», sagte er. «Es ist Zeit, nach Hause zu fahren.» Er streckte die Hand aus, um die Zündung einzuschalten. Der Motor erwachte schnurrend zum Leben und übertönte alle anderen Geräusche. «Wir sollten in Caple Bridge anhalten und etwas trinken. Ich glaube, wir können beide einen vertragen – ich auf jeden Fall. Außerdem hat dein Gesicht dann Zeit, sich zu erholen, bevor Großmutter es sieht.»

«Was ist mit meinem Gesicht?»

«Es ist ganz verquollen und aufgedunsen. Genau wie damals, als du die Masern hattest. Du siehst wieder aus wie ein kleines Mädchen.»

10

Das ernsthafte Geschäft des Trinkens ist in Schottland, wie die Teilnahme an einem Begräbnis, ein rein männliches Privileg. Weibliche Wesen jeder Art sind in öffentlichen Bars nicht willkommen, und wenn ein Mann den Fehler machen sollte, seine Frau oder Freundin in einen Pub mitzunehmen, wird von ihm erwartet, sie in einem trübseligen Nebenraum zu unterhalten, außer Sicht- und Hörweite seiner krakeelenden Kumpane.

Das *Crimond Arms* in Caple Bridge bildete keine Ausnahme zu dieser Regel. Wir wurden an diesem Abend in einen eiskalten, unwirtlichen Raum geführt, er war orangefarben tapeziert, mit Rohrstühlen und Tischen möbliert, eine Reihe Gipsenten und eine vereinzelte Vase mit staubigen Plastikblumen bildeten die Dekoration. Im Raum standen außerdem eine Gasheizung, die nicht brannte, ein paar große Aschenbecher der Brauerei und ein Klavier, das allerdings verschlossen war. Wir mußten also selbst für unsere Unterhaltung sorgen.

Ich saß allein, niedergeschlagen und frierend in diesem Raum, erfüllt von namenlosen Ängsten um Sinclair, fassungslos über alles, was geschehen war, und wartete auf ihn. Endlich kam er wieder, mit einem kleinen hellen Sherry für mich in der einen und einem großen dunklen Whisky für sich in der anderen Hand. Sofort fragte er: «Warum hast du das Feuer nicht angemacht?»

Eingedenk des verschlossenen Klaviers und der allgemeinen Atmosphäre unwirtlicher Mißbilligung antwortete ich: «Ich dachte, das dürfte ich nicht.»

«Sei nicht albern», sagte Sinclair, nahm ein Streichholz und kniete nieder, um das Gasfeuer anzuzünden. Es folgte eine leise Explosion, eine Kette kleiner Flammen züngelte auf, starker Gasgeruch drang durch den Raum, und innerhalb einer Minute spürte ich einen Hitzestrahl an meinem Knie.

«Ist es so besser?»

Es war nicht besser, denn die Kälte kam tief aus meinem Innern und ließ sich nicht einfach fortwärmen, doch der Einfachheit halber nickte ich. Zufrieden setzte er sich in einen kleinen Korbstuhl, der auf dem phantasievollen Kaminvorleger stand, stöberte nach einer Zigarette, zündete sie an und hob sein Whiskyglas in meine Richtung.

«Ich schau dir in die Augen», sagte er.

Es war ein alter Witz, daran sollte ich erkennen, daß er eine Art Waffenstillstand schließen wollte. Ich hätte nun sagen müssen: «Und ich hebe mein Glas», aber das tat ich nicht, denn ich war nicht sicher, ob wir je wieder zu unserer alten Freundschaft zurückfinden konnten.

Danach sprach er nicht mehr. Ich trank meinen Sherry aus, setzte das leere Glas ab, und als ich sah, daß er mit seinem erst halb fertig war, entschuldigte ich mich kurz. Ich hatte die Absicht, mein Aussehen zu überprüfen, bevor ich meiner Großmutter unter die Augen trat. Sinclair sagte, er würde warten, also verließ ich den Raum, stolperte durch einen Korridor, dann eine Treppe hinauf und fand die Damentoilette, die keineswegs gastfreundlicher war als der trostlose Raum unten. Im Spiegel begegnete mir ein entmutigendes Bild, mein Gesicht war fleckig und geschwollen, die Wimperntusche verschmiert. Ich wusch mir Hände und Gesicht mit kaltem Wasser, fand einen Kamm in meiner Tasche und glättete mein wirres Haar. Dabei hatte ich die ganze Zeit über das Gefühl, als würde ich einen Leichnam zurechtmachen wie in den makabren Geschichten von amerikanischen Leichenbestattern.

All das nahm einige Zeit in Anspruch, und als ich wieder

nach unten kam, fand ich den freudlosen Raum leer. Durch die Tür, die in die eigentliche Bar führte, hörte ich jedoch Sinclairs Stimme. Er sprach mit dem Barmann, und ich nahm an, daß er die Gelegenheit ergriffen hatte, um sich noch einen Whisky zu genehmigen und ihn in einer sympathischeren Umgebung zu trinken.

Ich wollte nicht herumsitzen, deshalb ging ich zum Auto, um auf ihn zu warten. Es hatte angefangen zu regnen, der Marktplatz war naß und schwarz wie ein See, auf dem der orangefarbene Widerschein der Straßenlaternen schimmerte. Zusammengekauert und frierend saß ich im Auto, mir fehlte sogar die Energie, mir eine Zigarette anzuzünden. Dann sah ich, wie die Tür des *Crimond Arms* aufging, einen Augenblick lang zeigte sich Sinclairs Silhouette, dann schloß sich die Tür wieder, und er kam durch den Nieselregen auf mich zu. In der Hand hielt er eine Zeitung.

Er warf sich hinter das Steuer, knallte die Tür zu und saß einfach da. Es roch nach Whisky, und ich fragte mich, wie viele Gläser er in der Zeit, in der ich oben war, um mein Gesicht zu waschen, wohl hatte trinken können. Nach einer Weile, als er immer noch keine Bewegung machte, um das Auto zu starten, fragte ich: «Stimmt etwas nicht?»

Er antwortete nicht, sondern saß einfach da, starrte vor sich hin, sein Profil war blaß, die Wimpern lagen dunkel und dicht an den Wangenknochen.

Ich war plötzlich besorgt. «Sinclair?»

Er reichte mir die Zeitung. Ich sah, daß es die lokale Abendzeitung war, vermutlich hatte er sie in der Bar aufgelesen. Im Licht der Straßenlaternen las ich die Schlagzeile, die von einem Busunglück berichtete, ein Foto von einem neugewählten Stadtrat, eine Kolumne berichtete von irgendeinem Mädchen aus Thrumbo, das in Neuseeland sein Glück gemacht hatte...

Und dann fand ich es, fettgedruckt in der untersten Ecke:

Tod einer bekannten Skiläuferin

Die Leiche von Miss Tessa Faraday wurde heute morgen in ihrer Wohnung in Crawley Court, London S. W. 1 gefunden. Miss Faraday, 22 Jahre alt, war im letzten Winter die Gewinnerin der Damenmeisterschaft...

Die Buchstaben tanzten, verschwammen und waren verloren. Ich schloß die Augen, als könnte ich so das Entsetzen aussperren, dabei wußte ich doch genau, daß es kein Entkommen gab vor dem, was in meinem eigenen Kopf vor sich ging. *Sie sagte, sie würde andere Maßnahmen treffen*, hatte Sinclair erklärt. *Sie ist herumgekommen. Sie ist ein vernünftiges Mädchen.*

«Sie hat sich umgebracht», sagte ich benommen.

Ich öffnete die Augen. Er hatte sich nicht bewegt. Dann hörte ich, wie meine eigene Stimme fragte: «Wußtest du, wie diese anderen Maßnahmen aussehen würden?»

Mühsam sagte er: «Ich dachte, sie meinte, sie würde es loswerden.»

Ich war plötzlich sehr weise. Ich wußte Bescheid. «Sie hatte keine Angst davor, das Kind zu bekommen», sagte ich. «So war sie nicht. Sie hat sich umgebracht, weil sie wußte, daß du sie nicht mehr liebtest. Du wolltest eine andere heiraten.»

In einem plötzlichen Wutanfall fuhr er herum. «Halt den Mund, sag kein Wort mehr über sie, hörst du? Sprich nicht von ihr, sag nichts über sie, kein einziges Wort. Du weißt überhaupt nichts von ihr, tu also nicht so als ob. Du verstehst das nicht, und das ist von dir auch nicht zu erwarten.»

Damit ließ er den Motor an, löste die Handbremse, und mit einem lauten Sirren der nassen Reifen auf den nassen Pflastersteinen schwang der Lotus herum und schoß über den Platz zu der Straße, die hinaus aufs Land und schließlich nach Elvie führte.

Er war betrunken, oder er hatte Angst, oder sein Herz war gebrochen, oder er stand unter Schock. Oder all das zusammen. Er verschwendete jetzt keinen Gedanken an Verkehrsregeln oder auch nur schlichte Vorsicht. Sinclair war auf der Flucht, gejagt von tausend Teufeln, und Geschwindigkeit war seine einzige Gegenwehr.

Wir rasten durch die engen Straßen der kleinen Stadt und schossen hinaus in das dunkle Land dahinter. Die Wirklichkeit schrumpfte auf die Umrisse der Straße vor uns zusammen, die weißen Linien und die Leuchtnägel in der Mitte kamen uns so ungestüm entgegen, daß sie alle zu einer einzigen Einheit verschwammen. Ich hatte nie zuvor wirkliche körperliche Angst empfunden, aber jetzt stellte ich fest, daß ich die Zähne zusammengebissen hatte, daß sie schmerzten, und mit dem Fuß so stark auf eine imaginäre Bremse trat, daß ich Gefahr lief, mir die Wirbelsäule auszurenken. Wir bogen um die letzte Ecke, und vor uns lag die Straße zu der Baustelle offen. Die Ampel stand auf Grün, um durchzukommen, bevor sie die Farbe wechselte, gab Sinclair noch mehr Gas, und wir brausten vorwärts, schneller als zuvor. Ich merkte, wie ich betete: *Laß die Ampel rot werden. Jetzt. Bitte, laß die Ampel rot werden.*

Und dann, als es nur noch etwa fünfzig Yards waren, geschah das Wunder, die Ampel sprang auf Rot. Sinclair begann zu bremsen, und ich wußte in diesem Augenblick, was ich zu tun hatte. Mit kreischenden Reifen kam der Lotus schließlich zum Stillstand. Am ganzen Körper zitternd öffnete ich die Autotür und stieg aus.

«Was machst du da?» fragte Sinclair.

Ich stand im Dunkeln und im Regen, gefangen wie ein Nachtfalter vom Strahl der langsam näherkommenden Scheinwerfer, die sich aus der anderen Richtung auf uns zu bewegten.

«Ich habe Angst», sagte ich.

Relativ freundlich sagte er: «Steig wieder ein. Du wirst naß.»

«Ich gehe zu Fuß.»

«Aber es sind vier Meilen...»

«Ich möchte zu Fuß gehen.»

«Janey...» Er lehnte sich vor, als wolle er mich ins Auto zurückziehen, aber ich trat zurück, so daß er mich nicht erreichen konnte.

«Warum?» fragte er.

«Ich habe es dir gesagt, ich habe Angst. Die Ampel ist wieder grün... Du mußt fahren, sonst hältst du den ganzen Verkehr auf.»

Und um meinen Worten Nachdruck zu verleihen, begann ein kleiner Lastwagen, der hinter Sinclair stand, zu hupen. Die Hupe klang heiser und machte einen unverschämten Krach, zu einer anderen Zeit und an einem anderen Ort hätte uns das zum Lachen gebracht.

Schließlich sagte er: «In Ordnung», langte nach dem Türgriff, um die Tür zuzuziehen, und zögerte dann.

«In einem hattest du recht, Janey», sagte er.

«Was war das?»

«Das Kind von Tessa. Es *war* von mir.»

Ich fing an zu weinen. Die Tränen mischten sich mit dem Regen auf meinem Gesicht, und ich konnte nichts tun, um sie aufzuhalten, mir fiel nichts ein, was ich sagen, keine Möglichkeit, wie ich ihm helfen konnte. Dann schlug die Tür zwischen uns zu, und im nächsten Augenblick war er fort, das Auto entfernte sich von mir durch die Absperrung und die blinkenden Lichter, schneller und schneller auf die Brücke zu.

Wie in einem Alptraum stellte ich fest, daß mein Kopf voller Musik war, mißtönend wie ein Leierkasten, es war Sinclairs

Melodie, und nun, als es zu spät war, wünschte ich, ich wäre mit ihm gefahren.

«Freudig schreiten wir voran,
Schritt für Schritt, Mann für Mann,
jeder läuft so schnell er kann...»

Der Lotus hatte nun die Brücke erreicht und nahm ihren Bukkel wie ein Hindernisläufer. Die Rücklichter verschwanden hinter der Biegung, und im nächsten Augenblick wurde die Stille der Nacht zerrissen von kreischenden Bremsen und schlitternden Reifen auf nassem Asphalt. Dann das malmende Geräusch von zerstörtem Metall, das Klirren von zerbrechendem Glas. Ich fing an zu rennen, so sinnlos, wie man in einem Traum rennt, stolpernd platschte ich durch Pfützen, umgeben von flackernden Lichtern und großen roten Katzenaugen, die die Buchstaben GEFAHR bildeten. Aber noch bevor ich hundert Yards vor der Brücke war, ertönte der dumpfe Knall einer Explosion, und vor meinen Augen erglühte die Nacht in dem roten Schein von Flammen.

Erst nach Sinclairs Begräbnis hatte ich Gelegenheit, mit meiner Großmutter zu sprechen. Vorher war jegliche Form von Unterhaltung unmöglich gewesen. Wir standen beide unter Schock und scheuten instinktiv vor der Erwähnung seines Namens zurück, als würde eine mühsam aufrechterhaltene Fassade zusammenbrechen, wenn wir nur über ihn sprächen. Darüber hinaus war so viel zu tun, wir hatten so viel zu erledigen und mußten so viele Menschen sehen. Alte Freunde wie die Gibsons und Will, den Gärtner, den Pfarrer und Jamie Drysdale, den Tischler aus Thrumbo, der sich mit einem dunklen Anzug und einem angemessenen Ausdruck frommer Düsternis in einen Beerdigungsunternehmer verwandelt hatte. Es gab

Befragungen durch die Polizei und Telefonanrufe von der Presse. Wir nahmen Blumen und Briefe in Empfang, Dutzende von Briefen. Wir begannen sie zu beantworten, gaben aber schließlich auf und ließen sie auf dem Messingtablett in der Diele zu Stapeln wachsen.

Meine Großmutter, die einer Generation angehörte, die sich bei dem Gedanken an den Tod nicht fürchtete und das entsprechende Zeremoniell nicht als bedrückend empfand, hatte auf einer richtigen, altmodischen Beerdigung beharrt. Sie hatte sie ohne sichtbare Gemütsbewegung durchgestanden, selbst als Hamish Gibson, der von seinem Regiment Urlaub genommen hatte, auf seinem Dudelsack *The Flowers of the Forest* spielte. Sie hatte die Choräle in der Kirche mitgesungen, stand eine halbe Stunde oder länger da und schüttelte Hände und dachte sogar daran, jenen zu danken, die auch nur die bescheidensten Aufgaben übernommen hatten.

Aber jetzt war sie müde. Mrs. Lumley war, erschöpft von innerer Bewegung und vom Stehen, auf ihr Zimmer gegangen, um ihre geschwollenen Füße hochzulegen. Ich bat meine Großmutter, nachdem ich das Feuer im Wohnzimmer angezündet hatte, sich neben den Kamin zu setzen, und ging in die Küche, um eine Tasse Tee zu machen.

Während ich gegen den warmen Ofen gelehnt darauf wartete, daß das Wasser kochte, starrte ich geistesabwesend durch das Fenster auf die graue Welt dahinter. Es war nun Oktober, der Nachmittag war kalt und still. Kein Windhauch bewegte die letzten paar Blätter an den Bäumen. Im Loch spiegelte sich der graue Himmel, es war glatt wie ein Silberblatt, die Hügel dahinter schwollen sanft an wie riesige Pflaumen. Morgen vielleicht oder übermorgen würden sie mit dem ersten Schnee überzogen sein – es war kalt genug dafür –, und wir hätten Winter.

Das Wasser kochte, ich brühte den Tee auf und brachte ihn

ins Wohnzimmer. Das Klirren des Teegeschirrs und das Knistern des Feuers hatten etwas Tröstliches, wie kleine Dinge es inmitten einer Tragödie immer haben.

Meine Großmutter strickte eine Kindermütze aus scharlachroter und weißer Wolle für den Weihnachtsbasar der Kirche. Ich hatte meine leere Teetasse abgesetzt, eine Zigarette angezündet, las die Zeitung und war halb versunken in die Besprechung eines neuen Theaterstücks, als sie plötzlich sprach.

«Ich habe ein sehr schlechtes Gewissen, Jane. Ich hätte dir von Aylwyn erzählen sollen an jenem Tag, als wir im Garten draußen saßen und du anfingst, mich über ihn auszufragen. Ich war drauf und dran, es zu tun, aber dann hat mich irgend etwas veranlaßt, meine Meinung zu ändern. Es war sehr dumm von mir.»

Ich ließ die Zeitung sinken und faltete sie zusammen. Ihre Nadeln klapperten sanft weiter, sie hatte nicht von ihrem Strickzeug aufgesehen.

«Sinclair hat es mir erzählt», sagte ich.

«Wirklich? Ich habe mir gedacht, daß er das vielleicht tun würde. Es war sehr wichtig für Sinclair. Und es war ihm sicher wichtig, daß du Bescheid weißt. Warst du sehr schockiert?»

«Warum sollte ich schockiert sein?»

«Aus einer Reihe von Gründen. Weil er unehrlich war. Weil er ins Gefängnis kam. Weil ich versucht habe, es vor euch allen zu verheimlichen.»

«Es war vielleicht besser, es zu verheimlichen. Es hätte uns nichts genützt, Bescheid zu wissen. Und ihm auch nicht.»

«Ich habe immer gedacht, dein Vater hätte es dir vielleicht erzählt.»

«Nein.»

«Das war anständig von ihm... er wußte, wie sehr du an Sinclair gehangen hast.»

Ich legte die Zeitung hin und ließ mich auf den Kaminvorleger nieder – ein guter Platz für ein vertrauliches Gespräch. «Aber warum war Aylwyn so? Warum war er nicht wie du?»

«Er war ein Bailey», sagte meine Großmutter schlicht. «Und sie waren immer schon eine unzuverlässige Sippschaft, trotz ihres hinreißenden Charmes. Nicht einen Pfennig in der Tasche und noch weniger Vorstellungen davon, wie man Geld verdient oder zusammenhält, als der Mann im Mond.»

«War dein Mann auch so?»

«O ja.» Sie lächelte vor sich hin, als erinnere sie sich an einen längst vergangenen Scherz. «Weißt du, was als erstes passierte, als wir verheiratet waren? Mein Vater zahlte alle seine Schulden. Aber er brauchte nicht lange, um neue zu machen.»

«Hast du ihn geliebt?»

«Wahnsinnig. Aber ich habe sehr bald begriffen, daß ich einen Mann ohne Verantwortungsgefühl geheiratet hatte – und ohne die leiseste Absicht, sich zu ändern.»

«Aber du warst glücklich.»

«Er starb so bald, nachdem wir geheiratet hatten, ich hatte gar keine Zeit, unglücklich zu sein. Doch dann erkannte ich, daß ich auf mich allein gestellt war, und ich beschloß, es wäre besser für meine Kinder, wenn ich völlig neu anfangen würde, weit weg von den Baileys. Deshalb kaufte ich Elvie und brachte meine Kinder hierher. Ich dachte, alles würde anders. Aber weißt du, die Umwelteinflüsse können die Erbanlagen nicht völlig auslöschen, was immer die Kinderpsychologen auch sagen. Ich habe dir von Aylwyn erzählt. Ich sah, wie er aufwuchs und wurde wie sein Vater, und es gab nichts, was ich tun konnte, um das zu verhindern. Er wuchs heran, er ging nach London und bekam einen Job, aber in Null Komma nichts steckte er in finanziellen Schwierigkeiten. Ich habe ihm natürlich geholfen, immer und immer wieder, aber unvermeidlich kam der Tag, als ich nicht mehr helfen konnte. Er hatte mit einigen Anlagepapieren manipuliert oder irgendeinen Betrug begangen, und der Chef seiner Firma sagte, völlig zu Recht, es sei eine Sache für die Polizei. Am Ende konnte ich ihn überreden, nicht zur Polizei zu gehen, wenn Aylwyn sein Wort gäbe, niemals wieder in der Londoner Geschäftswelt aufzutauchen. Deshalb ging er nach Kanada. Aber natürlich hat sich die ganze Angelegenheit einfach wiederholt, und diesmal hatte der arme Aylwyn nicht so viel Glück. Weißt du, Jane, es wäre etwas anderes gewesen, wenn er ein vernünftiges Mädchen geheiratet hätte, eine, die mit beiden Beinen fest auf der Erde steht, und genug Charakterstärke gehabt hätte, auch Aylwyn auf dem Boden zu halten. Aber Silvia war ebenso ein Leichtfuß wie er. Sie waren einfach zwei Kinder. Der Himmel weiß, warum sie eigentlich einwilligte, ihn zu heiraten, vielleicht dachte sie, er habe Geld. Es ist kaum anzunehmen, daß sie in ihn verliebt war, wenn man bedenkt, wie sie Aylwyn und das Baby im Stich gelassen hat.»

«Warum ist Aylwyn nie aus Kanada zurückgekehrt?»

«Wegen Sinclair. Manchmal ist das Bild eines Vaters besser als... der Vater selbst. Sinclair ist –» Sie korrigierte sich, mit einem kaum merklichen Zittern in der Stimme. «Sinclair war ebenfalls ein Bailey. Es ist erstaunlich, wie ein einziger schlechter Charakterzug in einer Familie geradewegs durch die Generationen weitervererbt wird.»

«Du meinst, daß er gespielt hat...»

«Sinclair hat mit dir gesprochen, nicht wahr?»

«Ein wenig.»

«Er hatte es gar nicht nötig, weißt du. Er hatte einen guten Job und ein gutes Gehalt, aber er konnte einfach der Versuchung nicht widerstehen. Und die Tatsache, daß wir es nicht verstehen, darf uns nie dazu bringen, ihn abzulehnen. Allerdings glaubte ich manchmal, daß das alles war, wofür Sinclair lebte.»

«Aber er kam so gern nach Elvie.»

«Nur dann und wann. Er empfand nicht so für Elvie wie deine Mutter… oder du. Und tatsächlich» – sie wendete ihre Nadeln und begann eine neue Reihe – «habe ich schon vor langer Zeit beschlossen, daß es gut wäre, wenn Elvie eines Tages dir gehören würde. Wäre dir das recht?»

«Ich… ich weiß nicht.»

«Das war der eigentliche Grund, weshalb ich so darauf bestand, daß dein Vater dich heimkommen läßt. Deshalb habe ich ihn mit Briefen bombardiert, die der Schuft sich weigerte zu beantworten. Ich wollte mit dir über Elvie sprechen.»

«Die Vorstellung ist wunderschön», sagte ich, «aber ich habe Angst davor, etwas zu besitzen… Ich glaube, ich möchte nicht gebunden sein von der Verantwortung für einen Ort wie Elvie. Und ich wäre nicht frei, ich könnte nicht einfach aufbrechen und gehen, wohin ich will.»

«Das klingt sehr furchtsam. Und es klingt ein bißchen nach deinem Vater. Wenn er ein wenig mehr Sinn für die Wirklichkeit und für Besitz hätte, dann hätte er inzwischen irgendwo Wurzeln schlagen können. Möchtest du keine Wurzeln, Jane? Möchtest du nicht heiraten und eine Familie haben?»

Ich sah ins Feuer und dachte an viele Dinge. An Sinclair und meinen Vater… und David. Und ich dachte an die Teile der Welt, die ich gesehen hatte, und die, von denen ich sehr hoffte, sie eines Tages zu sehen. Und ich dachte an Kinder auf Elvie, meine Kinder, die an diesem vollkommenen Ort aufwachsen und all das tun würden, was Sinclair und ich getan hatten…

Schließlich sagte ich: «Ich weiß nicht, was ich will. Und das ist die Wahrheit.»

«Ich habe nicht angenommen, daß du das weißt. Und

heute, da wir beide nicht in der Gemütsverfassung sind, vernünftig zu sein, ist nicht der beste Zeitpunkt, darüber zu sprechen. Aber du solltest darüber nachdenken, Jane. Wäge die Vor- und Nachteile ab. Wir haben viel Zeit, miteinander darüber zu diskutieren.»

Ein Scheit brach entzwei und fiel in die schwelende Asche im Kamin. Ich stand auf, um neues Holz zu holen, und da ich bereits stand, bückte ich mich, um das Teetablett in die Küche hinauszutragen. Als ich zur Tür ging und mit dem Tablett und dem Türgriff jonglierte, hielt meine Großmutter mich zurück.

«Jane.»

«Ja?»

Immer noch mit dem Tablett in der Hand drehte ich mich um und sah sie an. Sie hatte aufgehört zu stricken und nahm nun ihre Brille ab, ich sah, wie blau ihre Augen waren und wie tief sie in ihrem blassen Gesicht lagen. Ich hatte sie noch nie so blaß gesehen und noch nie so alt.

«Jane... erinnerst du dich, wir haben neulich über Sinclairs Freundin gesprochen, Tessa Faraday?»

Meine Finger krampften sich um die Henkel des Tabletts, und meine Fingerknöchel wurden weiß. Ich wußte, was kommen würde und betete, es möge nicht kommen. «Ja.»

«Ich habe in der Zeitung gelesen, daß sie gestorben ist. Irgend etwas über eine Überdosis Barbiturate. Hast du das gesehen?»

«Ja.»

«Du hast nie etwas gesagt.»

«Nein, ich weiß.»

«War es... hatte es irgend etwas mit Sinclair zu tun?»

Über den Raum hinweg begegneten sich unsere Augen und hielten einander fest. Ich hätte in diesem Augenblick meine Seele dafür gegeben, überzeugend lügen zu können. Aber ich konnte es nun einmal nicht, und meine Großmutter kannte mich sehr gut. Ich hatte keinerlei Hoffnung, damit durchzukommen.

Ich nickte. «Ja.» Und dann: «Sie erwartete ein Kind von ihm.»

Die Augen meiner Großmutter füllten sich mit Tränen. Es war das einzige Mal, daß ich sie weinen sah.

11

David kam am Nachmittag des nächsten Tages. Meine Großmutter schrieb Briefe, ich hatte mich in den Garten zurückgezogen und harkte Laub, denn ich habe einmal gehört, körperliche Arbeit sei die beste Therapie bei seelischem Kummer. Ich war gerade dabei, das Laub in eine bereitgestellte Schubkarre zu laden, als die Fenstertür aufging und David zu mir herauskam. Ich richtete mich auf, sah ihm entgegen, wie er über das Gras kam, groß, schlaksig, mit vom Wind verstrubbeltem Haar, und fragte mich in diesem Augenblick, wie wir die letzten paar Tage ohne ihn durchgestanden hätten. Er hatte alles gemacht, für alles gesorgt, alles arrangiert und sogar Zeit gefunden, eine Direktverbindung zu meinem Vater herstellen zu lassen, um ihm persönlich Sinclairs Tod mitzuteilen. Und ich wußte, was immer mit uns beiden geschehen würde, ich würde nie aufhören, ihm dankbar zu sein.

Er nahm das letzte Stückchen des abschüssigen Rasens mit einem einzigen großen Schritt und stand neben mir. «Jane, was machen Sie mit dieser kleinen Handvoll Laub?»

«Ich werfe es in die Schubkarre», sagte ich und tat es. Die Blätter flatterten umher, und die meisten flogen wieder heraus.

«Wenn Sie ein paar Holzstücke haben, die Sie drauflegen können, werden Sie den Prozeß beträchtlich beschleunigen. Ich habe Ihnen einen Brief mitgebracht...»

Er holte ihn aus seiner geräumigen Tasche, und ich sah, daß er von meinem Vater war.

«Wo haben Sie ihn her?»

«Er war einem Schreiben an mich beigelegt. Er bat mich, ihn an Sie weiterzugeben.»

Wir ließen Schubkarre und Besen stehen, gingen den Garten hinunter, sprangen über den Graben in das Feld und gingen weiter bis zu dem alten Anlegesteg. Dort setzten wir uns nebeneinander auf die vermodernden Bretter. Ich öffnete den Brief und las ihn David laut vor.

Meine liebste Jane,
es tat mir sehr leid, von Sinclairs Tod zu hören. Sicher waren es furchtbare Tage für Dich, aber ich bin froh, daß Du bei Deiner Großmutter sein konntest, zweifellos war Deine Nähe ein großer Trost für sie.

Ich habe – schon seitdem Du fortgegangen bist – ein schlechtes Gewissen, weil ich Dich nach Elvie zurückkehren ließ, ohne Dich über Deinen Onkel Aylwyn ins Bild zu setzen. Aber irgendwie kam eins zum anderen, und bei den dramatischen Begleitumständen Deiner Abreise hat sich einfach keine Gelegenheit geboten. Ich habe es jedoch gegenüber David Stewart erwähnt, und er versprach, ein Auge auf Dich zu haben...

«Davon haben Sie mir nie erzählt», sagte ich.

«Das war nicht meine Aufgabe.»

«Aber Sie wußten Bescheid.»

«Natürlich wußte ich Bescheid.»

«Und Sie wußten auch über Sinclair Bescheid?»

«Ich wußte, daß er höllisch viel von dem Geld Ihrer Großmutter durchbrachte.»

«Es wird noch schlimmer kommen, David.»

«Was meinen Sie damit?»

«Sinclair starb mit einem schrecklichen Berg Schulden.»

«Das habe ich befürchtet. Woher wissen Sie davon?»

«Weil er es mir erzählt hat. Er hat mir eine Menge erzählt.» Ich wendete mich wieder dem Brief zu.

> Der Grund, weshalb ich nie so besonders scharf darauf war, Dich nach Elvie zurückkehren zu lassen, war nicht so sehr Dein Onkel, sondern Dein Vetter Sinclair, genauer gesagt das, was mit großer Wahrscheinlichkeit aus ihm geworden war. Nachdem Deine Mutter gestorben war, schlug Deine Großmutter vor, ich solle Dich bei ihr lassen, und das wäre vermutlich die einfachste Lösung gewesen. Aber da war das Problem mit Sinclair. Ich wußte, wie sehr Du an ihm hingst und wieviel er Dir bedeutete, und ich war ziemlich sicher, wenn Du ihm weiterhin so nahe sein würdest, wäre der Tag nicht fern, an dem Dir das Herz gebrochen würde. Beides mußte schmerzhaft sein, wenn nicht katastrophal, und so behielt ich Dich statt dessen bei mir und nahm Dich mit nach Amerika.

«Ich frage mich, wie er so sicher sein konnte, was Sinclair betrifft», bemerkte David.

Ich dachte an das Buch, an Goldsmiths «Belebte Natur», und überlegte einen Augenblick, ob ich David die ganze Geschichte erzählen sollte. Doch dann entschied ich mich dagegen. Das Buch gab es nicht mehr. An dem Tag, nachdem Sinclair umgekommen war, hatte ich es aus seinem Schrank geholt, mit nach unten genommen, in den Ofen geworfen und zugesehen, wie es verbrannte. Nun war keine Spur mehr davon übrig, und es war am besten vergessen.

«Ich weiß nicht... Instinkt nehme ich an. Er war schon immer ein sehr scharfsinniger Mensch, man kann ihn nicht hinters Licht führen.» Ich las weiter:

Dies war außerdem der Grund, weshalb ich so sehr zögerte, als Deine Großmutter bat, Dich nach Elvie kommen zu lassen. Es wäre etwas anderes gewesen, wenn Sinclair verheiratet gewesen wäre. Ich wußte, daß er das nicht war, und wurde von den schlimmsten Befürchtungen geplagt.

Ich nehme an, daß Du für eine Weile in Elvie bleiben möchtest, aber die Geschäfte hier haben sich recht lebhaft entwickelt. Sam Carter macht großartige Sachen für mich, deshalb schwimme ich im Geld, wie es so schön heißt, und könnte es mir sogar leisten, Dir ein Flugticket zurück ins sonnige Kalifornien zu kaufen, Du brauchst nur ein Wort zu sagen. Ich vermisse Dich sehr, Rusty ebenfalls. Mitzi, der Pudel, ist kaum ein Ausgleich für Deine Abwesenheit, obwohl Linda sich einer romantischen Illusion verschrieben hat: Wenn die Zeit reif ist und der Mond im rechten Viertel steht, werden Mitzi und Rusty sich wahnsinnig ineinander verlieben und eine Familie gründen. Ich hingegen bin felsenfest der Meinung, daß an eine solche Verbindung überhaupt nicht zu denken ist.

Linda geht es gut, sie ist ganz vernarrt in Reef Point und das, was sie das einfache Leben nennt. Sie hat zur allgemeinen Überraschung angefangen zu malen. Ich weiß nicht, ob mich mein Instinkt trügt oder nicht, aber ich habe das Gefühl, daß sie möglicherweise sehr gut ist. Wer weiß, sie ist vielleicht in der Lage, in dem Stil für mich zu sorgen, an den ich gerne gewöhnt wäre. Und das ist mehr, als ich Dir je zugestehen konnte.

Alles Gute, mein geliebtes Kind,

von Deinem Vater.

Schweigend faltete ich den Brief zusammen, steckte ihn zurück in den Umschlag und dann in meine Jackentasche. Nach einer Weile sagte ich langsam: «Es klingt für mich, als versuche er sie zu einer Heirat zu überreden. Oder vielleicht versucht sie, ihn dazu zu überreden.»

«Vielleicht versuchen sie einander gegenseitig zu überreden. Würden Sie das begrüßen?»

«Ja, ich glaube ja. Dann würde ich mich nicht mehr für ihn verantwortlich fühlen. Ich wäre frei.»

Das Wort hatte einen enttäuschend hohlen Klang. Es war sehr kalt draußen auf dem Steg, und plötzlich schauderte ich. David legte einen Arm um mich und zog mich dicht an sich, so daß ich gewärmt und mein Kopf von seiner soliden tweedbedeckten Schulter gestützt wurde.

«In diesem Fall», sagte er, «ist vielleicht dieser Zeitpunkt ebenso geeignet wie jeder andere, Sie zu überreden, einen halbblinden Provinzanwalt zu heiraten, der Sie anbetet, seit er Sie zum erstenmal sah.»

Ich grinste. «Sie würden nicht sehr viel Überredung brauchen.»

Sein Arm hielt mich fester, und ich fühlte, wie seine Lippen über meinen Kopf strichen. «Du hättest nichts dagegen, in Schottland zu leben?»

«Nein. Vorausgesetzt, du besorgst dir jede Menge Klienten in New York und Kalifornien und vielleicht noch weiter weg, und versprichst hoch und heilig, mich mitzunehmen, wo immer du hinfährst, um sie zu treffen.»

«Das sollte nicht allzu schwer sein.»

«Und es wäre schön, wenn ich einen Hund haben könnte.»

«Natürlich, sollst du haben... nicht einen neuen Rusty natürlich, er muß einmalig sein. Aber vielleicht einen mit einem ähnlich interessanten Stammbaum, und ebenso intelligent und charmant.»

Ich drehte mich in seinen Armen und vergrub mein Gesicht an seiner Brust. Einen schrecklichen Moment lang dachte ich, daß ich anfangen würde zu weinen, aber das war lächerlich, man weint nicht, wenn man glücklich ist, das machen nur Menschen in Büchern. «Ich liebe dich», murmelte ich, und David hielt mich sehr fest, und schließlich weinte ich doch, aber das machte nichts.

Wir saßen da, in Davids Mantel eingewickelt, und schmiedeten völlig versponnene Pläne – in der Mission von Reef Point zu heiraten und Isabel Moden McKenzie dazu zu bringen, mir das Hochzeitskleid zu stricken –, die sich alle in Gelächter auflösten. So gaben wir sie auf, machten andere und waren so beschäftigt, daß wir gar nicht bemerkten, wie das Licht fahler und die Abendluft eisig wurde. Wir wurden schließlich von meiner Großmutter gestört, die das Fenster öffnete und herausrief, der Tee sei fertig. Also standen wir auf, verkrampft und durchgefroren, und gingen zum Haus zurück.

Die Dämmerung hatte sich über den Garten gesenkt. Wir hatten nicht wieder von Sinclair gesprochen, doch plötzlich fühlte ich ihn überall – nicht den Mann, sondern den Jungen aus meiner Kindheit. Er rannte leichtfüßig über das Gras, und ich fragte mich, ob Elvie je frei von ihm sein würde. Der Gedanke an ihn stimmte mich traurig, denn was immer geschehen würde und wer immer hier leben würde, ich wollte nicht, daß die Geister der Vergangenheit in Elvie umgingen.

David war mir vorangegangen und blieb nun stehen, um meinen Besen und die Schubkarre einzusammeln. Damit sie nicht im Weg stünden und niemand zu Schaden kam, verstaute er sie unter dem Ahornbaum. Nun wartete er auf mich, seine große Gestalt hob sich wie ein Schattenriß von den Lichtern des Hauses ab.

«Was ist los, Jane?»

«Gespenster», entgegnete ich leise.

«Hier gibt es keine», sagte er. Ich schaute wieder hin, und sah, daß er recht hatte. Nur Himmel und Wasser und Wind, der die Blätter bewegte. Keine Gespenster. Er nahm meine Hand, und wir gingen gemeinsam hinein zum Tee.

Christian Jacq

Christian Jacq, geboren 1947 bei Paris, promovierte in Ägyptologie an der Sorbonne. Er veröffentlichte zahlreiche wissenschaftliche Aufsätze und wurde von der *Académie française* ausgezeichnet. Neben Beiträgen zur Fachliteratur schrieb er mehrere erfolgreiche Romane. Mit «Ramses» gelang ihm auf Anhieb der Sprung an die Spitze der Bestsellerlisten.

Ramses Band 1:
Der Sohn des Lichts
Deutsch von
Annette Lallemand
448 Seiten. Gebunden, als rororo 22471 und in der Reihe "Großdruck" 33154

Ramses Band 2:
Der Tempel der Ewigkeit
rororo 22472 und in der Reihe "Großdruck" 33157

Ramses Band 3:
Die Schlacht von Kadesch
Deutsch von
Annette Lallemand
448 Seiten. Gebunden, als rororo 22473 und in der Reihe "Großdruck" 33158

Ramses Band 4:
Die Herrin von Abu Simbel
Deutsch von
Ingrid Altrichter
448 Seiten. Gebunden, als rororo 22474 und in der Reihe "Großdruck" 33164

Ramses Band 5:
Im Schatten der Akazie
Deutsch von
Ingrid Altrichter
448 Seiten. Gebunden, als rororo 22475 und in der Reihe "Großdruck" 33165

Unterhaltung

Der Tempel zu Jerusalem
Roman
Deutsch von Dorothee Asendorf
416 Seiten. Gebunden

Der schwarze Pharao *Roman*
Deutsch von
Dorothee Asendorf
400 Seiten. Gebunden

Folge deinem Herzen, solange du lebst *Weisheiten der alten Ägypter*
Deutsch von Ingrid Altrichter. Mit Illustrationen von Doro Göbel
176 Seiten. 4farbig. Gebunden

Der lange Weg nach Ägypten
Roman
(rororo 22227)

Der Mönch und der Meister
Roman
(rororo 22430)

Weitere Informationen und ein Verzeichnis aller lieferbaren Titel von **Christian Jacq** finden Sie in der *Rowohlt Revue,* kostenlos in Ihrer Buchhandlung, und im Internet: www.rowohlt.de

3649/7

3655/3

3285/8